MINÉRALOGIE
HOMÉRIQUE.

MINÉRALOGIE HOMÉRIQUE,

OU

ESSAI SUR LES MINÉRAUX,

Dont il est fait mention dans les Poëmes d'Homere.

Par AUBIN-LOUIS MILLIN.

A PARIS,

Chez GARNERY, Libraire, rue Serpente, n° 17.

Et à STRASBOURG,

Chez AMAND KOENIG, Libraire.

M. DCC. XC.

AVANT-PROPOS.

L'Histoire Littéraire des Sciences eſt abſolument jointe à leur étude; c'eſt elle qui nous fait connoître la marche de l'eſprit humain, & qui nous apprend à ſéparer les découvertes des anciens, de celles des modernes.

Quelques Auteurs ont déja fait une étude approfondie de l'Hiſtoire Littéraire des Sciences Naturelles ; mais les Livres Saints ont preſque ſeuls excité leur attention. Bochart a donné l'Hiſtoire des Animaux Bibliques, & Olaus Celſius, celle des Plantes Bibliques. D'autres Auteurs ont auſſi publié des Monographies Littéraires, voyez Forſter, ſur le Byſſus; Guilandinus, ſur le Papyrus; Caylus, ſur la pierre Lydiene; Mahudel, ſur l'Aſbeſte; Schreber, ſur la Perſea ; Heyne, ſur les Graminées ; moi-même, ſur le Thos, &c.

Je donne aujourd'hui l'Hiſtoire des Minéraux dont il eſt parlé dans les poëmes d'Homere, & j'eſpere qu'on y trouvera l'explication de pluſieurs points d'antiquités dignes d'intéreſſer les amateurs de ces ſortes de recherches.

L'idée de faire d'Homere un Naturaliſte, paroîtra peut-être moins juſte que ſinguliere, à ceux qui ſont accoutumés à ne le regarder que comme un grand Ecrivain, & qui n'ont jamais obſervé que ſes connoiſſances étoient très-nombreuſes & même très-approfondies pour ſon temps ; en un mot, que ſa mémoire étoit auſſi riche que ſon imagination.

Je ne prétends pas cependant qu'on puiſſe tirer de ſes poëmes aucune connoiſſance d'Hiſtoire Naturelle, mais je crois qu'ils peuvent ſeuls nous apprendre quel étoit l'état de cette belle ſcience pendant les âges héroïques : & tout ce qui peut éclaircir l'Hiſtoire de ces temps, qui pour nous ſont preſque primitifs, a droit d'intéreſſer tous les vrais amateurs de la haute antiquité.

Homere n'avoit point étudié l'Hiſtoire Naturelle comme les Philoſophes qui ſont venu après lui. Elle n'étoit point de ſon temps une ſcience théorique. Il avoit obſervé la Nature par un inſtinct ſublime ; il ſe plaiſoit à la décrire, comme elle s'étoit plu à le former. Elle s'eſt preſque toujours préſenté ſans voiles à ſes regards, & la richeſſe des deſcriptions répond à la pompe du ſpectacle. Tous les règnes lui fourniſſent les ſujets de ſes tableaux & de ſes comparaiſons. En les approfondiſſant on y trouve le plus ſouvent une exactitude qui étonne autant l'imagination, que la magie du ſtyle la tranſporte. C'étoit donc Homere ſeul qu'il falloit évoquer pour s'inſtruire avec quelque certitude, de l'état de ces belles connoiſſances dans les ſiécles qu'il a chantés. Lui ſeul, peut nous donner des détails vrais, ſur l'hiſtoire de ces ſiécles, ſur leurs mœurs, leurs uſages, & leurs arts.

Ce n'eſt point un enthouſiaſme de Commentateur qui m'égare, & qui ne me pardonneroit de l'enthouſiaſme pour Homere. Je ne veux point comparer ſes connoiſſances à celles acquiſes depuis ſur les différentes matieres qu'il a traitées. Elles ſont toutes, aujourd'hui, plus exactes, & plus étendues; mais n'eſt-il point prodigieux qu'un ſeul homme en ait poſſédé un ſi grand nombre? Car je regarde les écrits d'Homere comme l'Encyclopédie des âges héroïques, & les Grecs en avoient la même opinion. Ses connoiſſances géographiques étoient ſi exactes, que long-temps après lui, le dénombrement des troupes, du second Livre de l'Iliade, servit souvent à terminer les différents de la Grece. Les Éoliens furent obligés de céder Calydon aux Étoliens, parce qu'Homere dans son dénombrement, avoit mis cette ville parmi celles qui appartenoit à ces derniers (1). La même raison engagea les Athéniens à donner Sestos aux habitans d'Abyde (2). Solon, sur un seul vers de ce Poëte, mit le même peuple en possession de Salamine (3). Les habitans de Priene & ceux de Milet se disputoient la ville de Mycale (4). L'autorité d'Homere plus forte que tous les titres, ad-

---

(1) Eusthat. Politi. T. II. p. 524.

(2) Idem.

(3) Plut. Vie de Solon. C. XV.

(4) Eusthat. Politi. T. II. p. 524.

(5) Hist. de la Grece, par M. Cousin Despreaux. T. III. p. 248.

jugea aux premiers l'objet de leurs conteſtations (6).

Ce n'eſt donc point ſans raiſon que j'ai déja dit qu'Homere ſavoit tout ce qui étoit connu de ſon temps, & que c'étoit-là ce qui avoit cauſé la perte des ouvrages des Auteurs qui l'avoient précédé (6). L'harmonie du Rythme donnoit à l'ame une commotion plus vive, & gravoit ſes idées plus profondément dans la penſée.

C'eſt cette étendue de connoiſſances jointe à la ſublimité de ſon génie, qui lui a concilié l'admiration de tous les âges, & qui a fait nommer *Homériques*, les ſiécles qu'il a chanté ou qui l'ont vu naître, parce qu'il eſt ce qu'ils ont produit de plus grand. Qui méritoit mieux en effet, d'être contemplé comme une des époques de la Nature !

---

(6) Mélanges de Littérature Etrangere. T. V. p. 164.

La Minéralogie avoit fait peu de progrès au temps d'Homere, on ſavoit peu de choſes ſur les terres & ſur les pierres. On connoiſſoit mieux les métaux que les autres ſubſtances du regne minéral, cependant les demi-métaux étoient encore ignorés.

J'ai adopté l'Ordre établi par Wallerius dans ſon Syſtême (7). Je traiterai donc d'abord des Terres, enſuite des Sables, des Pierres, des Sels, enfin, des Bitumes & des Métaux.

J'entrerai dans tous les détails que mon ſujet pourra me fournir pour éclaircir cette partie de l'Hiſtoire des ſiécles héroïques, mais je ne me livrerai à aucune digreſſion. Je tâcherai de commenter toujours Homere par lui-même, & ſi je hazarde quelquefois mes con-

(7) Wallerii Syſtema mineralogicum, Vindobonæ, 1778, *in*-8°, 2. vol.

jectures pour expliquer des chofes que le temps a couvert d'un nuage prefque impénétrable, ce fera toujours en m'appuyant de fon autorité & de celle des Ecrivains les plus refpectés.

LA ZOOLOGIE HOMÉRIQUE, ou Effai fur les Animaux dont il eft fait mention dans les Poëmes d'Homere, eft fous Preffe.

TABLE
DES ARTICLES,
Contenus dans cet Ouvrage.

FIN.

MINÉRALOGIE HOMÉRIQUE.

CLASSE I.

TERRES.

Γῆ. Homeri. Il. II. 104. &c.
Αἶα. Il. III. 243.
Γαῖα. Il. II. 95.
Χθὼν. Il. II. 465.
Terræ. Wallerii. t. I. p. 11.
Terres. Bomare.

C'EST par les mots cités ci-dessus qu'Homere nomme les terres en général. Il n'avoit point d'idées de la maniere dont on les range aujourd'hui; je trouve pourtant qu'il en désigne deux genres d'une maniere assez claire, le TERREAU & l'ARGILLE.

1. TERREAU.

Γαῖα φυσίζοος. Il. III. 243.
Humus. Wall. t. I. p. 14.
Terreau. Terre franche. Bomare. p. 46.

C'eſt sûrement la terre végétale, celle qui eſt formée des débris des plantes putréfiées, qu'Homere appelle Φυσίζοος, c'eſt-à-dire, ſelon Euſtathe, qui produit les choſes néceſſaires à la vie (1). Le Grand-étymologiſte (2) donne à ce mot la même interprétation : cette eſpece de terre eſt en effet une des plus propres à favoriſer la végétation.

Quelques Auteurs (3) entendent par ce mot, une terre qui produit les animaux. Les Anciens croyoient en effet que les êtres animés avoient été produits par la terre (4). Cette interprétation me paroit cependant forcée, & je crois la premiere beaucoup plus naturelle. Homere déſigne une eſpece de ce genre.

---

(1) Euſthat. in Il. III. 243.

(2) Voce φυσίζοος. V. auſſi Politi ſur ce paſſage d'Euſtathe.

(3) Suidas. voce φυσίζοος.

(4) Plat. in Tim. Voyez la traduction Françaiſe, Mel. de Litt. Etr. T. V. p. 84.

Terre noire.

Γαῖα μέλαινα. Il. II. 699.
Humus atra Wall. t. I. p. 14.
Terre commune noire, terreau, terre des jardins. Bomare. p. 47.

Par l'épithete noire qu'Homere donne à la terre, il désigne le terreau des Jardiniers. « Protesilas, dit-il, étoit déja dans le sein de la » terre noire (5) ».

2. ARGILLE.

Κέραμος. Il. IX. 465.
Argilla Wallerii. Cl. 1. Ord. 2. gen. 5.
Argille.

Homere ne nomme spécialement l'argille dans aucun endroit de ses poëmes, mais il désigne par son nom les ouvrages qu'on en fabriquoit; il appelle κέραμος, un vase (6) dans lequel on mettoit le vin, probablement parce que ces sortes de vases étoient d'argille.

(5) Il. II. 699.
(6) Il. IX. 465.

Homere appelle du même nom, la prison dans laquelle il prétend qu'Otus, & Ephialtes jettèrent le dieu Mars (7). Il est étonnant qu'Homere ait employé le même mot pour désigner une prison & un vase à mettre le vin, & qu'il ajoûte que cette prison étoit d'airain. Aussi Eustathe prétend-il que ce fut dans un vase ou dans une outre que les fils d'Aloée enfermèrent, selon Homere, le dieu des Combats (8). Il dit aussi que les Cypriens appelloient une prison *κεράμος*, & cette derniere opinion est beaucoup plus probable, aussi a-t-elle été adoptée par Clarke, par Pope (9), & par les meilleurs traducteurs.

Les premiers murs, faits d'argille, ont pu être appellés *κεράμοι*, les Cypriens avoient conservé ce mot pour désigner les murs d'une prison (10), & Homere l'emploie dans le même sens en y joignant le mot airain, car une prison d'argille, une prison ordinaire n'eut pas été suffisante pour retenir le dieu de la Guerre.

---

(7) Χαλκέῳ δ' ἐν κεράμῳ. Il. V. 387.

(8) Eustath. in hunc versum et. p. 1363. l. 39.

(9) Pope, trad. of the. Iliad.

(10) Hesychius voce Κεραμος, interprête ce mot par *vase à mettre le vin*, ou par *prison*.

Homere appelle *κεραμεὺς*, l'ouvrier en argille, le potier. Il décrit une danse que Vulcain avoit figurée sur le bouclier d'Achille, & il dit « que les Danseurs alloient en rond » comme la roue sous la main du potier (11) », ce qui prouve qu'on savoit de son temps fabriquer au tour, des vases & d'autres ustensiles d'argille.

On voit qu'Homere ne connoissoit que la terre végétale dont il désigne une espece particuliere sous le nom de terre noire, & l'argille. Il eut été bien difficile qu'on eut observé de son temps les autres especes de terre qui n'ont pu être distinguées que par les observateurs les plus attentifs, & le plus souvent à l'aide du microscope, ou de l'analyse chimique.

(11) Il, XVIII. 600.

CLASSE II.

SABLES.

Κόνις. Il. IX. 385.
Κονίη. Il. II. 150.
Glarea. Wall. Cl. 1. Ord. 4. Gen. 7.
Terres ſabloneuſes ? Bom.

Ψάμμος. Il paſſim.
Ψάμαθος. Il. XXI. 319.
Arena. Waller. Cl. 1. Ord. 4. G. 10?
Sable. Bom?

Χεράς. Il. XXI. 319.
Arena Saxoſa. Wall. Cl. 1. Ord. 4. G. 10. S. 48.
Gravier en gros ſable. Bom. 92. 56?

Quoiqu'Homere emploie pluſieurs mots pour déſigner le ſable, il ne donne pas une idée bien juſte de ſes différentes eſpeces. Je penſe cependant que par les mots *κόνις* & *κονίη*, il entend le ſable le plus fin, la pouſſiere, qu'on peut rapporter aux terres ſabloneuſes. *Glarea. Wall.* & que par les mots *ψάμμος*, *ψάμαθος*, il entend le ſable compoſé de particules moins fines.

Arena : Wall. le Sable. Les traducteurs rendent pourtant ordinairement ces expressions par le même mot Homere les place (12) dans le même vers, ce qu'il auroit sûrement évité s'ils avoient exprimé la même idée. « Mydon frappé » par Antiloque tombe de son char la tête la » premiere, il s'enfonce dans la poussiere » jusqu'aux épaules, car le sable étoit pro» fond (13) ». Suidas dit qu'on appelle ψάμαθος, le sable qui est sur le rivage de la mer, & ἄμαθος, celui qui est dans la mer même (14).

Hesychius rend le mot χερὰς, par amas de petites pierres qui viennent de la mer ou des rivieres. Il paroit que par ce mot, Homere désigne le sable composé de parties du volume le plus considérable, celui que nous employons pour nos allées dans les jardins, & qui est connu dans Wallerius, sous le nom d'*arena saxosa.* Sp. 48. Gravier ou gros sable de Bomare, 92. 56.

Comme Homere ne détermine pas d'une

---

(12) Οὐδ' εἴ μοι τόσα δοίη, ὅσα ψάμαθός τε κόνις τε,
Il. IX. 385.

(13) Vocibus ψάμαθος & ἄμαθος.

(14) Voce χερὰς.

maniere très-particuliere les différentes especes de sable, & qu'il faut nous en rapporter à ce qu'en ont dit les anciens commentateur ou interprêtes; j'ai marqué d'un point de doute les différents genres ou especes de Wallerius, auxquels je présume qu'on les peut rapporter. J'en userai toujours de même pour les substances qu'Homere n'aura pas désignées de la maniere la plus claire. Je les ai pourtant rangées dans la synonimie, selon l'ordre que je crois qu'on leur peut assigner.

Homere nomme *κονίσαλος*, un tourbillon de poussiere (15).

Il compare les nombreux bataillons aux feuilles & aux grains de sable (16). Cette image a été depuis, bien des fois répetée par les Poëtes anciens & modernes.

---

(15) Il. III. 385.
(16) Il. II. 468.

CLASSE III.

PIERRES.

Λίθος (17). Il. XXI. 403.
Λᾶας. Il. VII. 268.
Πέτρος. I. VIII. 270.
Χερμάδιον. Il. V. 302.
Lapides. Wall. Cl. 11. p. 119.
Pierres.

Homere donne aux pierres différents noms dont plusieurs paroissent synonimes. Il emploie les trois premiers mots de la synonimie préce-

---

(17) Le mot λίθος vient dit Eustathe, Il. p. 925. l. 27. de λίαν, fortement, & de τίθεσθαι, être placé. C'est-à-dire, qui tient fortement à la terre; d'autres dérivent l'étymologie du mot λίθος de λίαν, fortement, & de θέειν, courir, parce que rien n'arrête l'effet d'une pierre lancée par un bras vigoureux. Eustath. loco laud. On faisoit le plus ordinairement les disques de pierres, ce qui peut, dit encore Eustathe, p. 15. 91. l. 17. avoir fourni l'étymologie du mot λίθος, qui court trop vite qui court comme un disque; Homere fait le mot λίθο

dente, en dix vers (18), pour dire la même chose en variant ses expressions.

Homere divise les pierres en deux classes, les pierres brutes (19), & les pierres polies.

---

masculin ou féminin, indistinctement Eust. in Il. V. 308.

λίθον εἵλετο χειρὶ παχείῃ
Κείμενον ἐν πεδίῳ, μεγαλα, τρηχὺν τε, μέγαν τε.
Il. VII. 265.

Εξω δ' ὡς ὅτε τις στερεὴ λίθος, ἢ σίδηρος.
Odyss. XIX. 994.

(18) Il. VII. 264 à 270.

(19) Homere désigne les pierres brutes par différentes dénominations, 1° ῥυτοῖς. Odyss. XIV. 10. Le Scholiaste entend par ce mot des pierres tirées, parce qu'elles sont trop pesantes pour être portées à bras; Clarke suit le sentiment du Scholiaste dans sa traduction. 2° Ὀκριόεις est dérivé d'ὄκρις ou ἄκρις, & signifie âpre & raboteux. 3° Τρηχὺς λίθος selon Eustathe, in Il. V. 308. signifie une pierre pleine de longues aspérités. Τρηχὺς ioniquement pour τραχὺς. C'est une pierre de ce genre que Diomède lance sur Enée, elle lui brise les tendons, & lui déchire la peau. Il. V. 307. 4° Homere appelle aussi les pierres brutes καταῤῥωχῖτες, Clarke traduit ce mot par *excisæ* qui n'en rend pas suffisamment le sens. Le Scholiaste l'interprère très-bien, καταῤῥωχίταις λίθοισι, τοῖς ἐν τῇ γῇ ἀποῤῥωγμένοις ὅ ἐστι τεθεμελιωμένοις; pierres tirées du sein de la terre, pierres fossiles. Odyss. IX. 185.

Cette diviſion prouve qu'on connoiſſoit alors la taille de la pierre dont Pline (20) attribue l'invention à Cadmus, mais qui étoit sûrement pratiquée en Egypte depuis un temps incommenſurable ; ces deux ſortes de pierres étoient également employées dans les bâtiments.

Ajax, fils de Telamon, tue Epiclès avec une pierre brute 21) ; il y avoit dans les palais de Priam, pour les Princes, ſes fils ou ſes gendres, cinquante appartements conſtruits avec des pierres polies (22).

Avant d'avoir trouvé la maniere de tirer les pierres des entrailles de la terre, de les tailler & de les aſſembler, on ſe creuſoit des retraites dans les rochers, ou bien on profitoit de celles qu'y avoit formé la nature, en tâchant de ſe les rendre le plus commodes qu'il étoit poſſible. Telle étoit l'habitation de Polypheme dont Homere donne la deſcription. « Son antre étoit » creuſé dans le roc, & couronné de lauriers, » autour étoit une enceinte formée de pierres

(20) Pline. L. 7. C. 57. — Clem. Alex. Strom. l. 1. p. 363

(21) Il. XII. 380.

(22) Ξεστοῖο λίθοιο. Il. VI. 244.

» tirées du ſein de la terre (23), de pins élevés » & de chênes chevelus (24) », on voit clairement que l'habitation de Polyphême eſt à moitié creuſée dans le roc, & à moitié formée de pierres tranſportées, qui unies avec les pieux & les chênes, font une enceinte où les troupeaux peuvent demeurer à l'air ſans s'éloigner; je parlerai de cette eſpece d'enceinte ou de cour qu'Homere nomme αὐλὴ (25), en traitant de la Zoologie Homérique.

Il eſt probable que du temps d'Homere les pierres brutes ſervoient à faire les fondements des bâtimens, c'étoit pour cela qu'on les nommoit auſſi pierres fondamentales (26); c'eſt le ſentiment de Pollux (27), on bâtiſſoit avec cette pierre tout ce qui étoit ſous terre, le reſte des bâtiments des gens riches étoit de pierres polies, c'eſt-à-dire taillées.

Les pierres ſervoient alors comme aujourd'hui à fixer les prétentions des propriétaires, & à marquer le terme de leurs poſſeſſions

---

(23) *Κατωρυχέεσσι*. Odyſſ. IX. 185.

(24) Odyſſ. IX. 182 à 187.

(25) Odyſſ. IX. 184.

(26) *Θεμέλιοι λίθοι*.

(27) Onomaſticon. L. VII. §. 123.

respectives, « Diomede lance sur Mars une » pierre noire, rude, immense, que les hom» mes avoient mise autre fois dans ce champ » pour servir de limite (28) ».

Les pierres étoient une des armes offensives dont les guerriers faisoient le plus d'usage. Ajax & Diomede qui sont représentés comme les plus vigoureux des Grecs, en lancent souvent à leurs ennemis. Outre les différents noms qu'Homere donne généralement aux pierres, il se sert le plus souvent, dans cette occasion, d'un terme qui signifie pierre qu'on peut tenir & enlever avec la main (29). Cette expression qu'Homere emploie pour désigner la pierre que Diomede lance à Énée, est bien faite pour donner une grande idée du héros grec, puisqu'il ajoûte que deux hommes tels qu'ils sont aujourd'hui, pourroient à peine la porter, mais que Diomede la soulevoit & l'agitoit seul (30).

Homere parle souvent de pierres propres à

---

(28) Τὸν ῥ᾽ ἄνδρες πρότεροι θέσαν ἔμμεναι οὖρον ἀρούρης.
Il. XXI. 405.

(29) Χερμάδιον. Pierre qui remplit la main, pierre à lancer avec la main. Eust. in Il. V. 302.

(30) I. V. 302. & suiv.

faire des meules, ces pierres devoient être du genre des grés, des quartz, des pierres que nous appellons meulieres, ou du genre des roches composées, des granits qui servent dans beaucoup d'endroits à cet usage. Ajax lance à Hector une pierre semblable à une meule (31). C'est-à-dire, selon Didyme, pleine de longues aspérités (32).

Homere ne parle en aucun endroit d'une maniere précise de l'art de sculpter la pierre : ainsi nous ne pouvons pas assurer qu'il fût connu. Un passage de Pausanias pourroit pourtant le faire conjecturer. « Vulcain, dit Homere, représente sur le bouclier d'Achille, » un chœur de danseurs semblable à celui que » Dédale avoit fait dans Cnosse pour Ariane (33) ». Pausanias dit avoir vu cet ouvrage de Dédale, & qu'il étoit de pierre blanche (34). Les prétentions des Cnossiens étoient-elles bien fondées ? Et n'abusoient-ils point de la crédulité des étrangers ?

Homere nomme assez généralement les ro-

(31) μυλοειδέϊ πέτρῳ. Il. VII. 270.

(32) Sur le vers cité ci-dessus.

(33) Il. XVIII. 590.

(34) Pausanias. Lib. I. Cap. XXVII.

chers πέτρη; c'est ainsi qu'il appelle le rocher d'Olenie (35) & celui de Scylla (36) : il donne à plusieurs Contrées le nom de pierreuses (37).

---

(35) Il. II. 617. Selon Strabon cité par Eustathe, in hunc locum., c'est une montagne pierreuse qui sépare les Eléens des Dyméens. Strab. T. I. p. 525.

(36) Odyss. XII. 231.

(37) C'est ainsi qu'Homere appelle l'Aulide, Il. II. 490. probablement elle étoit entourée de rochers qui formoient un bon port, d'où lui venoit son nom d'Aulide, qu'Eustathe in hunc. Vers. dérive d'αὐλις, station, mais que je crois plutôt devoir venir d'αὐλὸς, flutte; les anciens donnoient ce noms αὐλις, à tous les endroits étroits & prolongés, tels que les galleries, &c. Homere appelle aussi pierreuse la ville de Pytho. Il. II. 519. Chalidon & d'autres villes reçoivent de lui la même qualification. Il joint quelques fois à πέτρη, le mot λισσὴ. Clarke interprête cette épithete par *levis*, & c'est je crois avec raison, quoiqu'Eustathe dise p. 1468. l. 48. que c'est le nom propre d'un rocher près de Gortynes; la preuve que le mot λισσὴ n'est pas un nom propre, c'est qu'Homere l'emploie pour désigner d'autres rochers. Odyss. III. 293. id. V. 412. &c. Ce mot signifie une roche nue, lisse, unie, découverte, M. Clarke regarde comme une imitation du quatrieme vers du dixieme Livre de l'Odyssée.

λισσὴ δ' ἀναδέδρομε πέτρη

Ce vers de Virgile,

——— quamvis lapis omnia nudus
obducat Eclog. I. 48.

Après avoir exposé ce qu'Homere dit en général des pierres, je vais tacher de retrouver les différentes especes qui étoient connues de lui.

1. Marbre.

Μάρμαρον. Il. XII. 380.
Calcareus polituram admittens, marmor. Waller. Cl. II. Ord. 1. G. 11. B.
Marbre. Bomare. Daub.

Goguet prétend avec plusieurs auteurs qu'Homere ne connoissoit pas le marbre, on ne trouve, selon lui (38), aucun mot dans l'Iliade & dans l'Odyssée qu'on puisse croire le désigner. Je pense, au contraire, que cette substance étoit connue alors, & qu'on savoit même la polir & la travailler.

L'espece de pierre qu'Homere appelle *μαρμάρον* (39) me paroit être le marbre. Ce Poëte dans cet endroit ajoûte le mot brut (40); il ne fait probablement cette distinction, que parce qu'on connoissoit l'art de le polir.

Iris trouve Helene occupée dans son palais

(38) Orig. des Loix, des Arts & des Sciences, T. IV. p. 60.

(39) Il. XII. 380.

(40) Μαρμάρῳ ὀκριόεντι

à faire un voile éclatant, l'expression qu'emploie Homere (41), signifie mot à mot brillant comme le marbre, c'est du moins le sentiment d'Eustathe (42), & Politi est aussi du même avis (43). Cette expression prouve que c'est le marbre blanc qu'Homere a désigné, & probablement celui que sa cassure crystalline & brillante a fait nommer *marmor salinum* (44), marbre salin. L'île de Chio fournit beaucoup de ce marbre. Il est très-abondant dans l'île de Crète. On l'emploie brut, dit Tournefort (45), & il n'a pas plus d'apparence que notre moëllon (46). En général, le marbre est très-abondant dans l'Asie mineure. Homere dans le dénombrement des Vaisseaux, fait mention de

---

(41) Ἱστὸν μαρμαρέην. Il. III. 126.

(42) Μαρμαρέην. Eust. in Il. III. 126. On appelle, ajoûte-t-il, la mer calme μαρμάρεον, parce qu'elle brille comme le marbre. Le mot latin *marmor*, & le mot françois marbre, viennent de μάρμαρον.

(43) Dans sa Table latine & grecque, il interprête le mot latin *marmor* par μάρμαρον.

(44) *Marmor unicolor.* Wall. Spec. 56. a. Marbre d'une seule couleur, Bomare, 155. 108.

(45) Voyage du Levant. t. I. p. 91.

(46) C'est le μάρμαρον ὀκριόεις dont parle Homere.

la ville de Caryſte (47), dont Strabon vante les marbrieres (48); on en tira dans la ſuite ces colonnes fameuſes, appellées colonnes de Caryſte (49). Apollon avoit dans ce lieu un temple de marbre (50).

Rien n'indique dans les poëmes d'Homere, qu'il ait connu les marbres de couleur.

2. PIERRES PRÉCIEUSES.

Τρίγληνα. Il. XIV. 183.

Fluores. Wall. G. 14. aut Gemmæ. 18. aut Achatæ. Gen. 20. aut Gypſum alabaſtrum Wall. G. 13. Sp. 67. Fluors, Agathes, Jaſpes, Albatres.

Il eſt impoſſible de déterminer quelles étoient les pierres précieuſes connues dans les tems héroïques, il paroit pourtant certain qu'on en faiſoit entrer quelques-unes dans les parures. Junon porte à ſes oreilles des boucles ornées

---

(47) Il. II. 539.

(48) Strab. l. X. p. 446.

(49) Tibulle. l. III. Eleg. III.

(50) On l'appelloit temple d'Apollon de marbre Ἀπόλλωνι μαρμαρίνῳ, c'eſt-à-dire temple d'Apollon, Protecteur des Marbriers de Caryſte.

de trois pierres précieuſes, œuillées & bien travaillées (51).

Je ne me diſſimule pas que Madame Dacier & les autres Traducteurs ont rendu le mot

---

(51) Ἐν δ' ἄρα ἕρματα ἧκεν ἐυτρήτοισι λοβοῖσι
Τρίγληνα, μορόεντα. Il. XIV. 182.

Inaureſque immiſit in ſcite perforatas auriculas, tribus gemmarum oculis inſignes. Trad. de Clarke.

Madame Dacier traduit τρίγληνα par *boucles d'oreilles à trois pendants*, & tous les autres Traducteurs ont interprété ce mot de la même maniere. Cependant le mot γλῆνα, éoliquement pour γλήνη, n'a jamais ſignifié *pendant*, mais *pupille de l'œil*: ce mot même ne pourroit pas être expliqué ainſi quand il ſeroit mis par contraction pour γλήνεα, puiſque ce dernier ſignifie *choſe précieuſe, agréable, digne d'être vue*. Euſt. p. 976. l. 30. Τρίγληνα dit Heliodore cité par Suidas, voce τρίγληνα, ſignifie *ayant trois pupilles*. J'imagine que la ſubſtance enchaſſée dans la boucle d'oreille avoit trois figures ovales ayant à-peu-près la forme d'yeux, ce qui lui a fait donner cette épithete. Appion cité par le même Suidas, rend le mot πολύγληνα, par digne d'*être vu*. C'eſt qu'il le regarde comme une contraction de πολυγλήνεα, très-bien travaillé. Pope a entendu auſſi par τρίγληνα, *des pierres précieuſes à trois étoiles*, voici ſa traduction:

Far beaming pendants tremble in her ear,
Each gem illumined With a triple Star.

Il. Trad. de Pope. XIV. 211.

grec que j'interprête par le mot françois œuillées, par celui boucle à trois pendants; je fais voir dans la Note, que jamais le second mot qui entre dans la composition de cette expression n'a signifié un pendant, mais pupille de l'œil.

Ce qui me fait penser que ce mot n'indique pas la forme de ces boucles d'oreilles, mais quelque substance particuliere, c'est que comme nous le verrons ailleurs, Eurimaque portoit un collier orné de morceaux d'ambre (52): C'étoit donc alors l'usage d'enchasser dans les bijoux quelque substance rare ou précieuse, & j'imagine qu'Homere définit par ces mots à trois pupilles, la matiere des boucles qu'il donne à Junon, & qui étoit probablement celle que les femmes riches de la Grece employoient de son temps dans leur parure; il la nomme ainsi parce qu'elle avoit dans sa substance des petites taches rondes & diversement colorées, semblables à des pupilles.

Ces sortes d'accidents servent aujourd'hui de caracteres distinctifs pour plusieurs especes des pierres qu'on appelle œillées, telles que les agathes, les albâtres, les caillous à couche

---

(52) Odyss. XVIII, 295.

concentriques, les feld spaths appellés œil de chat, œil de poisson. Et on auroit pu étendre cette dénomination encore à d'autres pierres, telles que les fluors, les jaspes, &c. ainsi qu'à quelques minéraux tels que les malachites, &c.

Je ne puis pas décider quelle est celle de ces substances qu'Homere a désigné par le mot à trois pupilles, mais il est je crois très probable que c'est une d'entr'elles qu'il a nommée ainsi, parce qu'elle avoit trois de ces sortes d'accidents que nous appellons des yeux (53).

J'ai classé ces substances sous le nom générique de pierres précieuses, parce que c'étoit sûrement celles qui du temps d'Homere étoient du plus grand prix. Il ne faut pas pour cela les confondre avec nos pierres précieuses ou gemmes, les diamants, les rubis, les saphirs, les émeraudes, &c. qui sont d'une nature bien différente. Si Homere avoit connu ces éclatantes

(53) Clarke a donné au mot *τρίγληνα* la méme signification, il le rend dans l'Illiade XIV. 182. par *tribus gemmarum oculis insignes*, & dans l'Odyssée, XVIII. 297. par *trinis ocellis exquisitas* : il a suivi le sentiment du Scholiaste, qui explique ainsi le mot *τρίγληνα*. — *τρίκερα κόσμα, ἐν ᾧ τα τριόφθαλμα τρίκοκκα.*

productions de la nature, il n'auroit assurément pas manqué d'en parer ses descriptions.

3. SILEX.

Λιθὰς πυκνή. Odyss. XXIII. 193.
Silices. Wall. Cl. 11. Ord. 11. Gen. 20.
Caillou. Bomare. 193.

Ulisse s'est, dit-il, construit une chambre dans son palais avec des petites pierres très-denses (54), ce sont, je crois, les cailloux siliceux qu'Homere désigne par cette expression; ils ont en effet une très-grande densité. Homere n'emploie que deux fois le mot que j'interprête par petites pierres (55), & deux fois il y joint la même épithete (56); cette épithete indique sans doute le caractere de la pierre. Dans le second passage, Homere dit, « Eumée chasse » les chiens, qui aboient après Ulisse, à coup » de petites pierres denses (57) ». Clarke qui a donné au premier passage la même interpré-

---

(54) *Πυκνῇσιν λιθάδεσσι*. Odyss. XXIII. 193.

(55) *Λιθάδεσσι*. Odyss. XXIII. 193. XIV. 36. Eustathe interprête ce mot de même. p. 1749. l. 52.

(56) Odyss. XIV. 36.

(57) Odyss. XIV. 36.

tation que la mienne (58), traduit celui-ci différemment, il dit qu'Eumée pourfuit les chiens à coups de pierres qui fe fuccedent rapidement (59), mais ces deux paffages où le même mot fe trouve dans l'original, doivent être rendus par le même mot dans la traduction.

4. POUDDING.

Λίθαξ πέτρη. Odyff. V. 415.
Saxum petrofum filiceum. Wall. Cl. II. Grd. 5. Gen. 31. Spe. 220.
Pundding Stone Anglorum.
Poudding.

Uliffe craint d'être jetté contre la roche pierreufe (60). Cette épithete paroit d'abord furabondante & très-inutile, ainfi que beaucoup d'autres du même auteur, faute d'en chercher le fens. Euftathe l'explique très bien, c'eft dit-il, une pierre d'un volume affez confidérable, ayant fur elle d'autres petites pierres protubérantes (61) : il n'y a pas de doute après

(58) Denfis lapidibus. Odyff. XXIII. 193.

(59) Crebris lapidibus. Odyff. XIV. 36.

(60) *Λίθακι πέτρῃ.* Odyff. V. 415.

(61) *Λιθίδια ἐκφύματα περὶ αὐτὴν ἔχουσα.* Euft. in hunc vers. p. 1540. l. 52. 55. Ind. Devarii voce *Λίθαξ.*

cela qu'Homere a voulu parler de ces pierres réunies par un ciment naturel, du genre des roches composées (62), & que nous connoiſſons ſous le nom de poudding.

Voilà tout ce que l'examen des poëmes d'Homere m'a pu préſenter ſur ſes connoiſſances Lithologiques. Elles ſe bornoient à un petit nombre d'eſpeces. La pierre à bâtir; le marbre; quelques pierres précieuſes ſur leſquelles il eſt impoſſible de rien dire de certain; le ſilex & le poudding. Je ne doute point qu'Homere n'ait encore connu quelques autres pierres, mais elles ne ſont pas déterminées dans ſes Poëmes.

---

(62) Saxa aggregata. Saxa petroſa, Wall. t. I. p. 442.

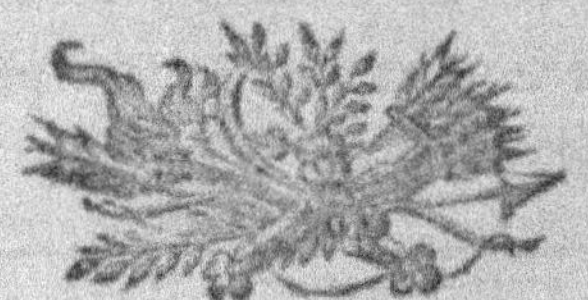

CLASSE IV.

SELS.

Sel Marin.

Ἅλς. Il. IX. 214.
Acidum muriaticum. Wall. Cl. 3. Ord. 1. Gen. 32. Sp. 227.
Sel marin. Sel commun. Bom. Daub.

Les connoiſſances d'Homere ſe bornoient à une ſeule eſpece, le ſel commun. La chymie n'étoit pas aſſez avancée alors, pour qu'on eut reconnu cette belle ſuite de ſels acides, alkalis ou neutres dont elle nous a enrichis depuis. D'ailleurs Homere en auroit eu connoiſſance, qu'il auroit pû difficilement en parler dans ſes Poëmes, excepté en traitant de quelques procédés des arts pour leſquels ils ſont néceſſaires.

Dans les temps héroïques on faiſoit un grand uſage du ſel. Homere en parle très-fréquemment & le nomme divin (63) : on en mettoit

(63) Ἁλὸς θείοιο. Il. IX, 214. On lui donne ce nom

ordinairement ſur les viandes bouillies ou roties avant de les ſervir, car c'étoit à quoi ſe bornoit la ſcience de les préparer. Patrocle après avoir mit les viandes en broche, les ſale pour les ſervir enſuite aux Députés de l'armée, envoyés vers Achille pour le fléchir (64).

Il eſt probable que les Grecs ne ſe ſervoient pas de ſel gemme, mais de celui que les eaux de la mer laiſſoient dans les lieux bas en s'évaporant. Le même mot ſignifie la mer, ou le ſel, ce qui prouve que les anciens regardoient cette ſubſtance comme devant ſon origine à la mer (65). Homere en parlant d'un peuple qui méconnoiſſoit l'uſage du ſel, ajoute qu'il ignoroit auſſi la navigation. Pauſanias prétend que

---

ſelon le Scholiaſte Victorien, parce qu'il concilie l'amitié, Not. in hunc. vers. Ed. Clarkii. ou parce qu il empêche la putréfaction. Euſtathe eſt du même ſentiment, p. 748. l. 50. D'autres diſent qu'on l'appelle divin à cauſe de ſes uſages multipliés, raiſon pour laquelle on donne à l'eau & à la nuit la même dénomination. Plutarque fait de cette expreſſion le ſujet d'un de ſes propos de table. Sympos. *L.* 8. *C. IX.* Platon l'appelle θεοφιλὴς, aimé des dieux. Timée. T. III. P. 60. E.

(64) Il. *IX.* 214.

(65) On appelle le ſel ἅλς, parce qu'il eſt produit par les eaux de la mer, Euſtathe. p. 1542. l. 30.

c'étoient les Epirotes (66), il est bien singulier que des peuples qui habitoient les bords de la mer aient ignoré l'usage du sel, & l'art de la navigation (67).

Le sel servoit aussi pour les purifications. Proclus dit que c'étoit à cause de sa partie inflammable, & les anciens estimoient beaucoup le feu pour cet usage. Télémaque se lave les mains dans l'eau de la mer pour se purifier, avant d'adresser sa priere à Minerve (68).

(66) Pausan. att. L. I. C. 11. p. 30. — Strab. L. XIV.

(67) Salluste raconte la même chose des Numides: Eos plerumque lacte & ferina carne vesci & neque salem, neque alia gulæ irritamenta quærere. De bello Jugurthæ. C. 54. Editio Havercampi.

(68) Od. II. 260.

CLASSE V.

BITUMES.

SUCCIN.

Ἤλεκτρον. Odyss. XVIII. 295.
Succinum. Wall. Cl. 3. Ord. 2. G. 143.
Succin. Bomare. 11. 319.
Ambre jaune. Daubenton. Ord. 3. Gen. 5. 5. 7.

Plusieurs auteurs regardent le succin comme un produit du regne végétal. Cependant comme c'est une substance fossile, & que son origine n'est pas encore bien connue, je le range avec les Bitumes, suivant l'ordre établi par Wallerius dont j'ai adopté le système, & des meilleurs Minéralogistes, Cronstedt, Linné, Bergmann, Daubenton, Romé-de-Lille, &c. (69).

(69) Il paroit vraisemblable, que le succin est une huile végétale qui a découlé des arbres, il ressemble à la gomme copale, les insectes dont il est chargé prouvent qu'il a été fluide. On soupçonne depuis peu de tems que le succin est le produit de la poussiere des étamines du

Je ne ferai pas l'hiſtoire entiere du ſuccin chez les anciens, je la réſerve pour un autre Ouvrage. Ceux qui voudront s'en inſtruire peuvent d'ailleurs conſulter l'excellente diſſertation de M. Geſner ſur cette ſubſtance, elle m'a beaucoup ſervi (70).

La ſubſtance qui me paroit indubitablement être le ſuccin eſt celle qu'Homere nomme Ἤλεκτρον, Électre. C'eſt ſous cette derniere dénomination que j'en parlerai.

On compte trois ſubſtances auxquelles les Grecs & les Latins ont donné le nom d'électre, 1° le verre, 2° une eſpece de combinaiſon métallique, 3° le ſuccin. Tâchons de déterminer celle qu'Homere déſignoit par ce nom.

Selon Euſtathe (71), les anciens ont quelquefois nommé l'or électre, ſans doute à cauſe de ſon éclat (72). Pline nous apprend que l'or

---

pin. *Pinus Silveſtris. L.* élaborée par une eſpece de fourmi. *Formica Herculanea. F.* comme les abeilles travaillent la cire; & alors il faut replacer le ſuccin avec l'ambre gris, parmi les produits du regne animal, mais je ſuis l'opinion la plus univerſellement reçue.

(70) Comment. Acad Gott. T. III. p. 67.

(71) Euſtathe. p. 366. l. 30. p. 1483. l. 24 - 32.

(72) Et ci-après.

reçoit le nom d'électre lorsqu'il est mêlé d'argent à un cinquieme de son poids (73). L'électre ajoute-t-il, est plus éclatant que l'or aux lumieres, nous verrons plus bas que c'étoit le brillant de cette substance qui lui avoit fait donner le nom d'électre (74, & qu'elle n'étoit pas appellée ainsi, comme le veut M. Poinsinet, parce qu'elle n'étoit pas de poids.

Pline prétend que c'est cet alliage qu'Homere nomme électre, lorsqu'en décrivant le palais de Ménélas, il dit qu'il étoit orné d'or d'électre, d'argent & d'ivoire (75); la place qu'occupe l'électre dans ce passage entre l'or & l'argent, est probablement ce qui lui a fait naître cette idée. Elle seroit très-vraisemblable si le palais de Ménélas n'étoit orné que de métaux, mais puisqu'Homere y fait entrer l'ivoire, il a bien

(73) Ubi cumque quinta argenti portio est electrum vocatur. Pl. L. XXIII. C. 4.

(74) Electrum paroit être une expression anciennement corrompue pour Elitron, *non librale*, parce qu'un volume de pareil or n'est pas de poids comparé à un pareil volume d'or pur. Note de M. Poinsinet, sur Pline. L. XXXIII. p. 596. T. XI. de son édition.

(75) Odyss. IV. 78.

pu aussi y placer le succin (76) : d'ailleurs, si l'électre d'Homere avoit été une combinaison métallique, il n'auroit pas manqué de la faire entrer dans la composition du bouclier d'Achille, puisqu'il ne l'a pas fait, l'alliage nommé électre n'étoit probablement pas connu de son temps.

D'autres ont prétendu que l'électre d'Homere étoit le verre qu'on ne trouve cité dans aucuns de ses Poëmes, c'est le sentiment du Scholiaste d'Aristophanes (77) : il est bien plus naturel, disent ces auteurs, qu'Homere ait connu le verre, que le succin qui venoit du Nord de la Germanie.

Eschyle, selon Pline (78), est le premier qui ait parlé de la fable de Phaéton & de ses Sœurs, & parconsequent du succin ou ambre jaune,

---

(76) Madame Dacier ne traduit pas le mot ἤλεκτρον, électre, M. Bitaubé le rend avec raison par ambre, Pope fait de même :

And studded amber darts à golden ray.
Odyss. IV. 8. 88.

A Bracelet rich with gold, with amber gay.
Odyss. XVIII. 343.

(77) In nubes. v. 766.

(78) Pline. L. 35. C. 15.

qu'on disoit devoir l'origine aux larmes qu'elles répandirent sur la mort de leur frere (79) ; or Eschyle a vécu plus de quatre cent ans après Homere.

Je répondrai avec M. Gesner que rien n'indique que l'électre d'Homere soit le verre, puisque cette substance n'est désignée par aucun caractere, & qu'on sait par Hérodote (80), que le succin étoit connu depuis long-temps quoiqu'il vint en effet du Nord de la Germanie. « Je ne conviendrai pas, dit cet historien, » en parlant des extrémités occidentales de » l'Europe, que les barbares nomment Eridan, » un fleuve qui se jette dans la mer du Nord, » & dont on nous dit que nous vient l'ambre (81 ; ce qu'il y a de certain, c'est que » l'ambre vient de cette extrémité du monde ».

Homere a donc connu le succin qu'il nommoit électre ; Eustathe dit positivement que l'électre

(79) Voyez sur toute cette fable Ovid. Métam. L. 1.

(80) Hérod. L. III. C. 115. Traduction de M. Larcher.

(81) Cet Eridan ne peut être que le Rhodanne qui se jette dans la Vistule assez près de Dantzic ; on trouve encore de ces côtés là une très-grande quantité d'ambre. Note 185 de M. Larcher sur le Livre III. d'Hérod.

d'Homere

tre d'Homere eſt celui qu'on croit devoir aux larmes devenues concretes, des Héliades (82); c'eſt donc indubitablement le ſuccin : examinons ce qu'Homere en a dit.

Nous avons vu qu'il fait entrer l'électre ou ſuccin dans la décoration intérieure des palais. « Conſidere, mon cher Piſiſtrate, dit Télé» maque chez Ménélas, l'éclat de l'airain dans » ce palais ſonore, celui de l'or, de l'électre, » de l'argent & de l'ivoire (83) ».

On faiſoit auſſi avec cette ſubſtance diverſes parures. Homere nous dépeint Eurimaque avec un collier d'or orné d'électre (84) : Ces colliers étoient d'or avec des plaques de ſuccin enchaſſées, ou de ſuccin recouvert de lames d'or, ou de grains de ſuccin traverſés par des fils d'or (85). L'expreſſion grecque peut ſignifier tout cela, dit M. Geſner. Je crois pourtant que l'interprétation qu'on doit donner à ce paſſage n'eſt pas douteuſe. Il faut entendre que le collier

(82) Euſtathe. p. 1483. l. 27.

(83) Odyſſ. IV. 72.

(84) Odyſſ. XVIII. 295.

(85) Geſner. Comment. Académ. Gott. t. III. p. 67.

étoit d'or avec des morceaux de ſuccin enchaſſés (86).

Electre vient du mot *elector*, *ſoleil*, à cauſe de ſon éclat ; & le mot (87) *élector*, ainſi que ſes compoſés, *elios*, ſoleil *électris*, lune, viennent probablement d'un mot phénicien. Dans les langues primitives, les monoſyllabes *el*, *al*, étoient conſacrés pour ſignifier les choſes lumineuſes & brillantes : c'étoit ce qui avoit fait donner le nom d'Électre à pluſieurs Princeſſes. Cette étymologie eſt beaucoup plus vraiſemblable que de dire que le mot *elector* ſignifie en grec, ſoleil, parce que cet aſtre nous chaſſe du lit (88).

Tout le ſuccin répandu dans le commerce étoit apporté par les Phéniciens, des extrémités occidentales de l'Europe, du nord de la Ger-

---

(86) Χρύσεον ὅρμον ἔχων, μετὰ δ' ἠλέκτροισιν ἔερτο.
Odyſſ. XV. 459.

(87) Ἠλέκτωρ, ἥλιος, ἠλεκτρίς. Hym. Orph. VIII. 6.

(88) De η pour α privatif, & de λέκτρον, lit. Quelques Auteurs dérivent le mot latin *electrum* du verbe *elicere*, à cauſe de la propriété attractive du ſuccin. Le mot latin n'eſt pourtant que la traduction du mot grec dont la racine doit ſe trouver dans les langues primitives.

manie (89). Homere pare de cette substance le collier d'un marchand Phénicien (90).

Homere ne dit rien de la propriété qu'a le succin d'attirer les corps légers ; cette vertu attractive fut connue après lui des anciens, comme nous le dirons en faisant l'histoire générale du succin : c'est elle qui a conduit à la sublime découverte de l'Electricité & de ses brillants effets.

(89) Hérodote. L. III. C. 115.
(90) Odyss. L. XV. v. 459.

CLASSE VI.

SOUFRES.

SOUFRE NATIF.

Θέειον (91). Il. XVI. 228.

Sulphur vivum flavum. Wall. Cl. 3. Ord. 2. Gen. 45. Sp. 271.

Souffre natif. Bomare II. 280. Daub. Ord. 3. Gen. 2. Sorte. 1.

Le ſoufre dont on faiſoit uſage aux temps héroïques étoit sûrement le ſoufre natif. On le retiroit des volcans, on n'avoit pas encore découvert l'art d'extraire le ſoufre des Pyrites. Pluſieurs lieux de la Grece & de l'Italie fourniſſoient du ſoufre. Selon Strabon (92) & Pline (93), celui de Mélos, aujourd'hui Milo, étoit préféré. Tournefort dit qu'on le trouve dans cette île par gros morceaux, en fouillant la terre (94).

---

(91) Θέειον. Poétiquement pour θεῖον.

(92) Γενναται δε πλειςον εν Μηλῳ ἐς λιπαρα. Strab.

(93) Sed nobiliſſimum in Melo inſula. Pline. L. 35.

(94) Voyage du Levant. t. I. p. 155. édition 4o.

Le soufre étoit principalement employé pour les lustrations ou purifications. Avant de faire des libations, Achille purifie la coupe avec le soufre (95); c'est-à-dire qu'il expose ce vase à sa vapeur. Ulisse, après avoir tué les poursuivants, purifie son palais avec le soufre (96). « Apporte, chère Euryclée, dit-il, apporte-» moi le soufre, remede de tous les maux; que » j'en brule dans mon palais (97) ». Ces purifications par le soufre ont été très-usitées dans toute l'antiquité. Pline recommande sur-tout ce minéral pour cet usage (98). Théocrite (99), Ovide (100), Juvenal (101), en font aussi mention. Eustathe écrit que cette fumigation est, dit-on, propre à chasser toutes sortes d'impuretés (102).

---

(95) Il. XVI. 228.

(96) Odyss. XXII. 494.

(97) Clarke, qui dans l'Illiade XVI. 228. traduit θέειον par sulphur, soufre, le traduit ici par *thus*, encens. Sa version offre plusieurs exemples d'une semblable inconséquence.

(98) Pline. L. XXXV. C. XV.

(99) Théocrite. Idylle. XXIV. v. 94.

(100) Ovide. Métam. L. VII. Fab. II. v. 261.

(101) Sat. II. v. 157.

(102) Eust. p. 1934. l. 61.

Cet usage des parfums & des substances fumigatives avoient sûrement passé des Orientaux aux Grecs. « Les compagnons de celui qui n'est plus » habiteront dans sa maison, & on y répandra » le soufre, dit Baldad (103) ». Les Egyptiens & les Perses en faisoient un fréquent emploi. Le zend-avesta que nous devons aux fatigues & aux veilles du courageux & savant M. Anquetil en parle très-souvent. Les Hébreux avoient un autel consacré aux fumigations, on l'appelloit l'autel des parfums. Cet usage s'est transmis jusqu'à nous. Dans nos solemnités, l'encens fume aussi sur nos autels.

Homere ne connoissoit donc que deux substances inflammables, le succin & le soufre. Comme il parle souvent d'une eau noire qui tombe d'un rocher (104), j'imaginois d'abord que c'étoit une eau imprégnée de pétrole, mais rien ne le prouve assez clairement pour oser l'avancer.

Homere parle aussi de la poix sans désigner si cette substance est minérale ou végétale. Le grand usage qu'on faisoit alors des pins qui sont

---

(103) Habitent in tabernaculo socii ejus qui non est, aspergatur in tabernaculo ejus sulphur. Job. XVIII. 15.

(104) Il. IX. 15. — Id. XVI. 3. &c.

fréquemment nommés dans ses poëmes, me fait penser qu'on savoit recueillir la résine, des sapins, des mélèses & des térébinthes, & que c'est cette substance qu'Homere appelle poix : il en sera parlé dans le regne végétal (105).

---

(105) Πίσσα. Il. IV. 277.

CLASSE VII.

MÉTAUX.

Metalla Waller. Ord. 4.

Avant de parler de chaque métal en particulier, je vais tâcher de faire connoître ce qu'on ſavoit des métaux en général, & les différentes manieres de les traiter.

Homere ne déſigne les métaux collectivement par aucun mot, le nom qu'on leur donna depuis, ne lui étoit probablement pas connu, puiſqu'il ne l'a pas employé, quoiqu'il ait beaucoup plus parlé de ces ſubſtances minérales que de toutes les autres. Euſtathe dit que le mot métal (106), imaginé par des auteurs plus modernes, dérive d'une expreſſion fréquemment répétée par Homere dans un ſens métaphyſique (107), & qui ſignifie creuſer, fouiller;

(106) Μέταλλον. Metallum. Euſt. Il. I. 550.

(107) Μεταλλεύειν. Cette expreſſion a été employée après Homere dans un ſens phyſique, & appliquée à la fouille des mines.

c'est celle qu'il emploie pour dire « ne cherchez point à pénétrer dans ma pensée (108) ». Cette étymologie me paroît beaucoup plus vraisemblable que celles indiquées par les auteurs qui prétendent, qu'on a nommé ainsi les métaux, parce qu'ils ont été découverts après beaucoup d'autres substances (109), l'homme ayant commencé à tirer partie de la surface de la terre avant de songer à en sonder les profondeurs. Pline prétend qu'on les appelle ainsi, parce qu'on les trouve avec d'autres substances (110).

La discussion de l'origine de la découverte des métaux, & la recherche des premieres opérations métallurgiques, nous meneroient trop loin & seroient étrangeres à mon objet. J'y reviendrai dans l'histoire de la Minéralogie ancienne dont je m'occupe. Je dois me borner à indiquer, autant que je le pourrai faire, ce qu'on savoit dans les temps héroïques des métaux, & de l'art de les traiter.

---

(108) *Μήτι σὺ ταῦτα ἕκαστα διείρεο, μηδὲ μετάλλα.* Il. I. 550.

(109) *Μετὰ τὰ ἄλλα.* Eust. p. 143. l. 58.

(110) *Μετὰ ἄλλων.* Pline. L. XXXIII, C. 1.

Homere ne fait aucune mention des sémi-métaux.

Il connoissoit les six métaux, le fer, le cuivre, le plomb, l'étain, l'argent & l'or. Ces deux derniers étoient les plus estimés & les plus nobles, comme ils le sont encore de nos jours, soit qu'on les considere comme objet de luxe & d'agrément, soit qu'on les observe en Naturaliste, ou qu'on les soumette à l'action des agens chymiques qui les attaquent beaucoup moins facilement. On leur a donné le nom de métaux parfaits, tandis que les trois autres sont appellés métaux imparfaits.

Les détails métallurgiques qui nous ont été transmis par Homere, prouvent que cet art avoit fait, de son temps, d'assez grands progrès. Les Grecs possédoient alors les divers instruments propres à la fabrication des métaux (111).

Je n'ai rien trouvé dans les poëmes d'Homere sur l'état des métaux, avant que la trituration, le lavage & le feu les eussent arrachés à la gangue qui les renferme. Il n'y est aucunement question des premieres opérations qu'ils doivent subir, avant d'entrer dans le commerce.

---

(111) Odyss. III. 433.

Homere, dit Strabon, est pourtant le premier auteur qui ait parlé des mines (112). Il indique celles d'argent, d'Alibé ou Chalibé (113); celles de cuivre, de Témese (114) & de Sidon (115). Je reviendrai sur ces différentes mines en traitant des métaux qu'elles fournissoient.

C'étoient les Phéniciens qui faisoient alors dans la Grece le commerce des métaux qu'il tiroient principalement, à l'exception de l'étain, de l'Espagne & du Portugal : ils les alloient chercher à Gades, les transportoient à Tyr, d'où ils les répandoient chez les autres nations. Homere vante leur industrie pour le commerce (116), & il place les Champs Elisées à l'extrémité ultérieure de l'Espagne (117), à cause de la richesse de ces contrées où les Phéniciens avoient abordé (118).

L'art de la fonte a dû précéder celui de

---

(112) Strab. L. I. p. 7.
(113) Il. II. 857.
(114) Odyss. I. 184.
(115) Odyss. XV. 424.
(116) Odyss. XV. 414.
(117) Odyss. IV. 568.
(118) Strab. L. III. p. 150.

la forge. Goguet paroît cependant douter que la pratique de jetter les métaux en fonte ait été connue dans les temps héroïques (119). Je ne sais pas pourquoi ce savant auteur d'un livre estimable & utile, & pourtant plein d'erreurs, contredit formellement Homere. Ce Poëte parle de statues d'or & d'argent. Ecoutons sa description des Chefs-d'œuvre que Vulcain avoit exécutés pour Alcinoüs, il ne nous sera plus possible de douter que la fonte des statues ait été pratiquée de son temps.

On voyoit auprès de la porte, deux chiens d'or & d'argent dont Vulcain avoit fait présent à ce Prince (120); de jeunes esclaves d'or portoient à la main des torches allumées pour éclairer la salle (121). Nous trouvons encore dans l'Iliade, une peinture magnifique des esclaves d'or fabriqués par Vulcain, pour le servir & l'aider dans ses travaux (122).

Goguet observe que celui à qui Homere attribue ces ouvrages est un dieu, & que c'est

---

(119) Orig. des Loix & des Sciences. t. IV. p. 61.
(120) Odyss. VII. 92.
(121) Odyss. VII. 100.
(122) Il. XVIII. 417.

en Asie qu'il les place ; qu'ainsi ce passage qu'on doit mettre au rang des autres fictions du Poëte, ne peut jetter aucun jour sur l'existence de la pratique de la fonte, dans les siécles héroïques. Je conviens que l'imagination brillante d'Homere a réuni les matieres les plus précieuses pour enrichir ses descriptions, que les mouvements méchaniques de ces diverses statues sont des fictions agréables, employées par ce grand Poëte pour peindre le talent de l'artiste; mais cela n'empêche pas que la pratique de la fonte n'y soit indiquée, car comment forger des pieces d'une semblable portée ? C'est ainsi que le Tasse & l'Arioste combinent les substances les plus précieuses, pour édifier les palais d'Armide ou d'Alcine, mais ces substances existent, sont connues : ils n'ont inventé que leurs formes & leur disposition.

Pausanias (123) dit qu'on forgeoit séparément plusieurs petites plaques qu'on assembloit ensuite pour en former des statues, Goguet a raison de penser que quelqu'imparfaite que fût cette pratique, elle étoit inconnue dans les temps héroïques. Elle avoit sûrement

(123) Pausan. L. VIII. C. 14. — L. III. C. 17.

exigé plus de réflexions que la fonte. Il avoit suffi d'obſerver qu'elle ſe mouloit en ſe réfroidiſſant dans les formes où on l'avoit coulée, pour imaginer qu'en variant ces formes, on varieroit auſſi la figure qu'on lui faiſoit prendre ; il étoit donc plus facile de fondre les ſtatues que de les forger.

Il eſt poſſible qu'on ait d'abord coulé les ſtatues par parties qu'on réuniſſoit avec des clous, puis on réparoit le tout avec le ciſeau. Pluſieurs monuments fort anciens ainſi exécutés peuvent le faire croire. Mais j'imagine qu'on n'aura eu recours à cette pratique, qu'après avoir tenté la fonte d'un ſeul jet. Rebuté des difficultés qu'elle offroit, on aura eſſayé la fonte par parties, & l'on ſera revenu à la premiere quand une ſuite d'expériences & d'efforts aura enſeigné à la pratiquer avec ſuccès. Comme Homere ne dit rien de ces opérations, je ne puis offrir que des conjectures.

Goguet (124), pour fortifier ſon ſentiment, ajoûte qu'il y avoit alors très-peu de ſtatues, & qu'Homere n'en met point dans les palais des Princes. Il s'appuie du témoignage

---

(124) Orig. des Loix. T, IV. p. 63.

d'Eustathe (125) & de Feithius (226), qui remarquent avec raison que le mot employé depuis pour désigner une statue (127), ne reçoit jamais d'Homere cette acception particuliere, & qu'il signifie indifféremment toute sorte d'ornements. Mais cela ne prouve rien contre l'usage des statues. Homere en décore l'Olympe, le palais de Vulcain & celui d'Alcinoüs.

Il paroît indiquer qu'antérieurement à la guerre de Troye, Dédale faisoit des statues 128). On ne trouve dans ses poëmes aucune expression pour les métaux en général, en conclurat-on qu'il ne les connoissoit pas en particulier. S'il ne désigne les statues par aucun mot qui leur soit propre, c'est que l'usage étoit alors de leur donner le nom des choses qu'elles représentoient : on disoit donc comme nous le lisons dans ses poëmes, des chiens d'argent, des esclaves d'or, &c. Casaubon est d'un avis bien opposé à celui de Goguet; car, selon lui, les lampes n'étoient pas connues dans les temps hé-

(125) Eustathe. Il. IV. 144.

(126) Antiquitates Homericæ. L. I. C. IV.

(127) Ἄγαλμα.

(128) Pauf. L. IX. C. 10.

roïques, & l'on plaçoit dans les coins des salles où l'on mangeoit, des figures de jeunes esclaves qui portoient des flambeaux; il cite pour le prouver, le passage rapporté à la page précedente (129). Plutarque pensoit aussi que l'usage des statues étoit très-antérieur au siége de Troye. Thésée, dit-il, après avoir établi des sacrifices en l'honneur d'Ariane, dans l'île de Chypre, consacra à cette Princesse deux petites statues, l'une d'argent, & l'autre d'airain (130).

Les Phénéates, dit Pausanias, possédoient une statue d'airain, d'un Neptune équestre, qu'on disoit avoir été élevée à ce dieu par Ulysse (131).

A l'art de fondre les métaux on joignoit celui de les allier. Il n'a pas dû être très-difficile d'imaginer de jetter un métal en liquéfaction dans un autre également fondu : les différentes couleurs des objets représentés sur le bouclier d'Achille sans le secours de la peinture, prouvent que cet art étoit alors très-avancé (132). Il avoit fallu une suite d'efforts,

(129) Casaub. Annot. in Athenæum. L. IV. C. 2.
(130) Plut. Vie de Thésée. C. XXIV.
(131) Pauf. p. 618.
(132) Il. XVIII.

d'expériences

d'expériences & d'obſervations pour fixer les doſes, afin d'obtenir toujours les mêmes réſultats, de réuſſir enfin toujours également dans ces combinaiſons.

L'art de forger les métaux, le ſeul qui puiſſe les rendre réellement agréables & utiles, étoit auſſi exercé chez les Grecs. Homere indique les inſtruments du forgeron.

Il ne paroît pas que les fondeurs, les forgerons & les ouvriers que nous appellons orfévres, ciſeleurs, doreurs, fourbiſſeurs, formaſſent des profeſſions ſéparées. Vulcain fond des ſtatues, forge des armes & des trépieds, & ciſele des aiguilles, des bracelets & des colliers; Homere déſigne cependant toutes ces profeſſions & ces opérations par une ſeule expreſſion (133), dont la racine eſt le mot grec qui

(133) Χαλκεὺς, χαλκεύειν. Ce verbe quoique dérivé de χαλκὸς, airain, ſignifie l'art de traiter tous les métaux. C'eſt celui dont ſe ſert Vulcain lorſqu'il dit à Thétis : « je fabriquai pendant neuf ans des aiguilles, des bra- » celets & des colliers ».

Τῇσι πὰρ εἰνάετες χάλκευον δαίδαλα πολλὰ,
Πόρπας τε, γναμπτάς θ' ἕλικας, κάλυκάς τε, καὶ ὅρμους.

Il. XVIII. 400.

Ces divers bijoux étoient pourtant d'or & d'argent ainſi

ſignifie airain, quelque métal qu'ils employaſſent, parce que, dit Euſtathe, l'airain eſt le métal qu'on a découvert le premier.

Voici la deſcription qu'Homere fait de la forge de Vulcain. Ce dieu après avoir promis à Thétis des armes pour ſon fils, retourne à ſes ſoufflets, & leur ordonne de ſe mettre en mouvement. Ces ſoufflets étoient au nombre de vingt. Ils envoyoient ſelon la volonté du dieu, un vent plus rapide ou plus rallenti. Vulcain met dans le feu l'airain indomptable, l'étain, l'or précieux & l'argent. Il poſe la grande enclume ſur ſon ſupport, prend d'une main le marteau peſant, de l'autre la tenaille, &

---

qu'ils ſont toujours décrits. Le doreur Laërce dans l'Odyſſée eſt appellé χαλκεύς, L. III. 432, & Homere n'y joint l'épithete χρυσοχόος, id. 425, que pour indiquer la partie de ſa profeſſion qu'il va exercer dans ce moment. Euſtathe dit qu'Homere appelle Vulcain χαλκεύς, & qu'il donne le même nom au doreur Laërce, parce que l'airain ou le cuivre eſt le métal qu'on a découvert le premier. Euſt. p. 1476. l. 50. 56. Je penſe plutôt que tous ces ouvriers ont conſervé le nom de χαλκεῖς, parce que le cuivre étant le métal le plus employé, ils prenoient leur nom de celui qu'ils traitoient le plus fréquemment. Suidas & Heſychius rendent le mot χαλκεύς par ouvrier en airain, en fer, ou en or.

façonne un ſuperbe & immenſe bouclier (134). Un peu avant, Homere dépeint Vulcain quittant ſes ſoufflets & ſes inſtruments pour recevoir Thétis (135). « Il dit, & ſe leve de deſ» ſus le ſupport de l'enclume, détourne ſes » ſoufflers du feu, raſſemble ſes inſtruments & » les renferme dans un coffre d'argent, il lave » enſuite avec une éponge ſon viſage, ſon col, » ſes mains & ſa poitrine velue ».

Voici donc les inſtruments du Métallurgiſte (136); 1°. les ſoufflets (137); ils n'étoient pas immobiles, puiſqu'Homere dit que Vulcain les écarte du feu, lorſqu'il reçoit Thétis (138), & qu'il les retourne vers le feu lorſqu'il commence le travail du célebre bouclier (139). L'expreſſion d'Homere indique que ces ſoufflets étoient fixés près de la forge, & tournoient

(134) Il. XVIII. 468.

(135) Id. 409.

(136) Je me ſers du mot Métallurgiſte pour rendre l'expreſſion d'Homere qui ſignifie, Ouvrier en toute ſorte de métaux.

(137) Φύσαι.

(138) Φύσας μὲν ῥ' ἀπάνευθε τίθει πυρός. Il. XVIII. 412.

(139) Τὰς δ' ἐς πῦρ ἔτρεψε. Il. XVIII. 468.

sur un pivot (240). Le pere Hardouin, cet imprudent érudit, prétend que les vingt soufflets de Vulcain désignent que vingt ans après l'enlévement d'Hélene, les Grecs seront encore occupés à punir les Troyens (141).

2°. L'enclume (142) & son support (143). Elle étoit mobile & ne tenoit pas à ce support. Pour fabriquer le bouclier, Vulcain place la grande enclume (144) sur son support. Cette expression *grande* n'est pas ici superflue ; outre ces enclumes propres à forger des ouvrages d'un poids ou d'une portée considérables, il y avoit des enclumes portatives ; telle est celle avec laquelle Laërce vient dans le palais de Nestor pour dorer les cornes de la victime (145).

3°. La tenaille (146). Le mot dont se sert Homere est composé de deux autres, dont la réunion indique un instrument propre à retirer du

---

(140) Ἔτρεψε.

(141) Apologie d'Homere. p. 242.

(142) Ἄκμων. Il. XVIII. 476.

(143) Ἀκμόθετον, d'ἄκμων, enclume, & de τίθημι ; placer, poser.

(144) — Μέγαν ἄκμονα. Il. XVIII. 476.

(145) Odyss. III. 434.

(146) Πυράγρα. Il. XVIII. 477.

feu (147) les divers objets exposés à son action.

4°. Le marteau pesant (148). Homere appelle ainsi le marteau de Vulcain, afin de le proportionner à la dignité & à la force de l'ouvrier, à la grandeur de l'ouvrage & à la capacité de l'enclume. Celui qu'il donne à Laërce est un marteau portatif & ordinaire, qu'il ne désigne par aucune épithete.

5°. Quelques auteurs interprêtent par le mot creuset celui que je traduis par fournaise (149). Je conviens que ce mot a eu dans l'antiquité ces deux significations. Cependant comme Vulcain ne fond pas les métaux pour en former le bouclier d'Achille, mais qu'il les forge, malgré ce que disent Suidas (150), Dydyme (151)

---

(147) De Πῦρ, feu, & ἀγρεύω, je prends. Eust. p. 1154. l. 27. & 1457. l. 54. Suidas. voce πυράγρα.

(148) Ῥαιστῆρα κρατερόν. Il. XVIII. 77. De ῥαίω, je frappe. Eust. p. 1648. l. 9.

(149) Χοάνοισι. Il. XVIII. 470.

(150) Χοάνη, dit Suidas, est le vase dans lequel on fond les métaux, le creuset, quelquefois on entend par χοάνα, les métaux même.

(151) Dydyme dit aussi que le χοάνη est un vase de terre dans lequel on fond les métaux.

& Hesychius (152), ce mot ne peut se prendre ici que dans la derniere acception (153). Le pluriel prouve qu'il y avoit plusieurs fournaises, ainsi le nombre des vingt soufflets n'est pas excessif.

Homere ne nous offre point de mot pour désigner l'art de la soudure, il n'en décrit point les procédés. La réunion des différens métaux qui composent le bouclier d'Achille, doit pourtant nous faire présumer qu'ils étoient connus. Alcandre, épouse du Roi de Thebes, donne à Hélène un vase d'argent, dont le bord est d'un or très-fin & bien travaillé (154). La réunion de l'or & de l'argent paroit indiquer assez clairement l'usage de la soudure.

Les vases, les armures, les bijoux de toute espece que nous trouvons décrits dans l'Iliade & dans l'Odyssée, & sur-tout le beau travail du bouclier d'Achille, prouvent combien l'orfévrerie avoit fait de progrès, & par conséquent

---

(152) C'est, dit Hesychius, un vase dans lequel on coule les métaux.

(153) Clarke l'entend comme moi.

(154) Odyss. IV, 474.

combien la ciselure & la gravure devoient être avancées.

Homere ne parle ni d'anneaux ni de cachets, Goguet en conclut que l'art de graver les métaux n'existoit pas (155). Mais les Grecs ne pouvoient-ils pas savoir graver les métaux, & n'avoir pas encore imaginé de se servir d'anneaux & de cachets : l'art de travaller les métaux en relief étoit certainement connu, celui de les graver en creux, beaucoup plus facile, avoit dû le précéder, & les beaux ouvrages en orfévrerie offroient probablement une combinaison heureuse & savante, relativement au temps, de ces deux procédés.

Goguet avance encore qu'Homere donne en général aux nations de l'Asie des armes beaucoup plus riches (156). Les grands Princes de la Grece, Agamemnon, Ajax, Diomede, Achille, Idoménée, Ménélas, Nestor sont cependant couverts d'armures aussi précieuses & aussi brillantes que celles des Chefs Troyens & de leurs alliés.

---

(155) Origine des loix, des arts & des sciences. t. IV, pag. 51.

(156) Id. t. III. p. 326.

Le commerce se faisoit en général par échange. Mentes va à Temese échanger de fer contre de l'airain (157). On s'accorde cependant à croire que la monnoie étoit en usage. Toutes les fois qu'Homere parle d'une chose valant mille bœufs (158), cent bœufs ; il faut entendre par ces mots mille pieces de monnoie portant l'empreinte de cet animal ; c'est ainsi que nous appellons nos monnoies des Carolus, des Henri, des Louis, parce qu'elles ont pour marque l'effigie de ces princes. Je ne m'étendrai pas beaucoup sur ce sujet qui a plus de rapport à la science Numismatique ; il me suffit de prouver par quelques autorités qu'on savoit alors monoyer les métaux. Pollux dit que les Athéniens avoient autrefois une monnoie qu'ils appelloient bœuf (159). Plutarque en attribue l'invention à Thésée (160), qui choisit cette marque en mémoire du taureau de Marathon, ou du Minotaure qu'il avoit vaincu, ou pour exciter les Athéniens aux travaux de l'Agriculture.

---

(157) Odyss. I. 184.

(158) Il. VI. 236.

(159) p. 236.

(160) Plut. Vie de Thésée.

Les talens dont parle Homere (161) étoient plutôt une pesée convenue, une mesure d'usage, qu'une monnoie particuliere, c'est ainsi que nous disons un marc, un demi-marc d'or. Dans la suite, les Athéniens imaginèrent des pieces de monnoies représentatives de cette mesure.

Mais si ces talents n'avoient pas une empreinte, ils avoient outre leur poids uniforme, une figure déterminée. Vulcain avoit représenté un jugement sur le bouclier d'Achille. Auprès des juges étoient deux talents d'or qui devoient être le prix de celui dont l'avis seroit le plus sage (162) ; il falloit bien, pour qu'on vît dans leur représentation que c'étoient des talents, qu'ils eussent une forme & une figure généralement connue. Les talents étoient donc de petits lingots d'un poids convenu & d'une figure déterminée. Ils se partageoient pour la facilité du commerce, en deux portions égales qu'on appelloit demi-talents (163).

Je parlerai de la trempe au chapitre du

(161) Il. XVIII. 507.
(162) Id.
(163) Il. XXIII. 751.

fer (164), & de la dorure en traitant de l'or (165).

Les plus habiles Métallurgistes cités par Homere, sont d'abord Minerve & Vulcain.

MINERVE est regardée comme ayant inventé tous les arts méchaniques, aussi Homere dit-il en parlant des ouvriers qui excelloient à la fois dans plusieurs arts, qu'ils ont été instruits par Minerve; tel étoit Phereclée, à qui cette Déesse avoit appris à faire de ses propres mains plusieurs ouvrages différents (166). Le passage suivant prouve que Minerve protégeoit & enseignoit particuliérement les Métallurgistes. « C'est ainsi, dit Homere (167), qu'un habile » ouvrier instruit dans tous les arts par Vulcain » ou par Pallas, Minerve répand l'or sur l'ar- » gent, & termine des ouvrages agréables ». Minerve est nommée ici, parce que cet ouvrier réussissoit dans tous les arts, mais la Métallurgie y est désignée d'une maniere très-précise.

VULCAIN est le dieu des Métallurgistes, &

---

(164) Page 65.

(165) Métaux. n° 6.

(166) Il. I. 59.

(167) Odyss. VI. 232.

le Métallurgiste des dieux. Tout l'Olympe est rempli de ses chefs-d'œuvre. J'ai eu occasion de parler plusieurs fois des ouvrages qu'Homere lui attribue, & sur-tout du bouclier d'Achille le plus beau de tous.

Après les dieux, les plus habiles artistes cités par Homere, sont :

DÉDALE renommé dans toute l'antiquité. Homere ne cite aucun ouvrage de métal sorti de ses mains : il dit seulement que Vulcain avoit figuré sur le bouclier d'Achille un chœur de danseurs, semblable à celui que Dédale avoit fait dans Cnosse pour Ariane aux beaux cheveux *(168)*. Homere nomme aussi Dédalien, si je puis hazarder l'expression, c'est-à-dire, dignes de Dédale, toutes les choses très-variées ou très-bien travaillées. Cette expression avoit passé en proverbe, & c'étoit un bel éloge de l'adresse de cet artiste, & de la fécondité de son génie.

---

(168) Δαιδαλέον. Les Latins ont emprunté cette expression du grec, pour signifier toutes les choses très-variées, ou d'un très-beau travail :

Ceratis ope Dedaleâ
Nititur pennis. Horat. Od. IV. 2, 2.

PHERECLÉE, fils d'Armonides. Nous avons vû qu'il avoit été instruit par Minerve, c'est-à-dire, qu'il excelloit dans les arts. Comme la phrase d'Homere offre un sens ambigu, quelques auteurs ont attribué au pere de Phereclée ce qu'Homere dit ici de cet artiste (169). Voici la traduction du passage dont j'ai conservé l'ambiguité. « Merion tua Phereclée, fils de l'ouvrier Harmonides, qui faisoit de sa main beaucoup d'ouvrages dignes de Dédale, car Minerve le chérissoit. C'étoit lui qui avoit construit pour Alexandre (170) ces navires égaux, origine fatale de tous les malheurs de la Grece, & de ses propres maux ».

Ces derniers termes détruisent l'ambiguité, puisqu'ils signifient que quand Phereclée construisit les vaisseaux de Pâris, il ne savoit pas qu'il périroit par la main de Merion. Je suis d'ailleurs, en appliquant les paroles d'Homere à Phereclée, le témoignage de toute l'antiquité. Lycophron appelle les vaisseaux de Pâris les aîles de Phereclée (171). Ovide, dans son Épitre de

(169) Il. V. 59. Eust. in hunc versum.

(170) Pâris.

(171) Φερέκλου πόδες. Lycoph. Alexandr. v. 97.

Pâris à Hélène, donne aux vaisseaux de ce jeune Prince le nom de leur constructeur; il les appelle Phereclées (172). Cet artiste ne pratiquoit pas particulierement la Métallurgie, mais comme il réussissoit dans toutes sortes d'ouvrages, j'ai cru devoir placer son nom ici, ainsi que celui de Dédale.

LAERCE le Métallurgiste, réussissoit sur-tout à dorer les cornes des victimes (173).

LES THRACES avoient aussi beaucoup de réputation, sur-tout pour la fabrication des épées. Achille propose pour le prix d'un combat une belle épée de Thrace (174).

Voilà tout ce que les écrits d'Homere m'ont offert sur les métaux en général. Je vais passer à l'examen particulier de ces substances.

I. FER.

Σίδηρος. Il. IV. 510.
Ferrum. Marf. Wall. Ord. IV. Cl. 3. Gen. 53.
Fer.

Goguet pense qu'à l'époque de la guerre

(172) Feci longa Phereclea per freta puppe vias.
Ovid.

(173) Voyez l'or.

(174) Il. XXIII. 808.

de Troye, le fer étoit fort rare dans la Grece (175) ; il étoit si estimé, ajoute-t-il, qu'Achille dans les jeux funèbres qu'il fait célébrer en l'honneur de Patrocle, propose une boule de fer pour le prix d'un des combats (176).

Achille met en effet cet orbe de fer au nombre des prix proposés, mais il est à la fois la récompense du vainqueur & le sujet du combat, il faut pour l'obtenir le lancer plus loin que ses concurrens, ce *solos*, c'est le nom qu'Homere donne à cet instrument, étoit d'ailleurs fameux dans la Grece ; il avoit appartenu au vigoureux Aétion, à qui il avoit valu plusieurs victoires. Le Scholiaste observe à cette occasion que le *solos* différe du disque, en ce que celui-ci est plat & creux, & le *solos* sphéroïde (177). Achille ne l'offre donc point aux

(175) Orig. des Loix, des Arts & des Sciences. T. IV. p. 46.

(176) Il. XXIII. 826.

(177) *Διαφέρει δὲ σόλος καὶ δίσκος, ὅτι ὁ μὲν δίσκος πλατύς ἐστι καὶ κοιλότερος, ὁ δὲ σόλος στρογγύλος καὶ σφαιροειδής.* Schol. in Hom. Il. XXIII. 826. Voyez sur le mot Σόλος, Eustathe. p. 344. l. 3. — 1041. l. 32. — 1591. l. 28. — 1331. l. 47. 63. — 1332. l. 7. & ce Commentateur & Hesychius, Voce *δίσκος*, disent que le disque s'appelloit *solos* quand il étoit de fer.

concurrens comme une chose précieuse par sa nature, mais comme l'arme d'un célebre Athlete qu'il doit être glorieux de conquérir & de posséder. C'est ainsi qu'il donne aux vainqueurs dans les autres combats, des vases, des trépieds, des armes d'airain, & cela ne prouve pas la rareté de ce métal.

Homere appelle le fer brillant (178), ou blanc (179) : il nomme de même l'airain, brillant & indomptable. Ce poëte ne se sert donc point d'épithetes qui puissent indiquer que l'un soit plus rare que l'autre : il ne nomme jamais le fer précieux, épithete qu'il donne si souvent à l'or, quoiqu'il soit bien plus souvent question de ce métal, que du fer dans ses poëmes.

M. Larcher dans son ingénieuse & savante chronologie, place la découverte du fer à l'an 1537 avant Jésus-Christ, plus de deux cent cinquante ans avant la guerre de Troye (180). Dans ce laps de temps, l'utilité de ce métal avoit dû le répandre infiniment.

Goguet prétend que l'art de travailler

---

(178) Il. VII. 473.

(179) Odyss. XX. 3.

(180) Chronol. d'Hérodote. Canon. p. 542.

le fer n'étoit pas alors très-connu, & qu'il offroit de plus grandes difficultés que celui de travailler les autres métaux (181). Nous voyons cependant le fer appliqué dans les poëmes d'Homere, à plusieurs usages, quoiqu'il soit en effet plus difficile à travailler que le cuivre, & qu'il fût pour cette raison moins employé que ce métal. Malgré cela, les Grecs n'ignoroient pas alors l'art de le travailler de plusieurs manieres. Homere même, dit en parlant du fer, qu'il prend différentes formes (182). Adraste, promet à Ménélas, s'il veut lui laisser la vie, beaucoup de richesses, de l'airain, de l'or, & du fer sous plusieurs formes (183). Dolon fait la même promesse à Ulysse & à Diomède (184) : les traits étoient ordinairement armés de pointes de cuivre, mais quelquefois aussi ces pointes étoient de fer. Ulysse promet à Pénélope que ses poursuivants périront percés par des traits armés de pointes de

(181) Orig. des Loix. t. IV. p. 46.

(182) Πολύκμητος. Il. IV. 48.

(183) Loco suprà citato.

(184) Il. X. 379.

fer

fer (185); nous avons déja vu enfin Vulcain traiter le fer avec les autres métaux. On faisoit aussi avec le fer plusieurs instruments propres aux bergers & aux agriculteurs, puisqu'Achille dit que celui qui gagnera le *solos* qu'il propose pour prix, aura du fer pour cinq ans, & qu'il n'aura pas besoin d'aller à la ville se procurer les instruments nécessaires au labourage ou pour la garde des troupeaux (186).

On connoissoit alors la trempe du fer, & l'Odyssée nous en fournit un exemple. Lorsqu'Ulysse enfonce une longue branche enflammée dans l'œil du cyclope elle décrépite. « C'est ainsi, dit Homere, qu'on entend crier » une scie, ou une grande hache qu'un ouvrier » en métaux plonge dans l'eau froide, pour » leur donner la trempe, car c'est dans cette » opération que consiste toute la force du » fer (187) ». L'expression qu'Homere emploie pour la trempe des métaux, est la même que celle dont les Grecs se servoient en teinture, pour exprimer la pratique de

(185) Odyss. XIX. 494.
(186). Il. XXIII. 832.
(187) Odyss. IX. 391.

plonger l'étoffe dans le bain colorant (188).

A l'art de tremper le fer, on joignoit celui de le polir, Homere lui donne l'épithete de rutilant (189), parce qu'il répercute les feux du soleil, & celle de blanc (190), parce qu'il a en effet cette couleur quand il a pris un beau poli.

Homere nomme quelquefois ce métal, noir, (191) par cette expression il indique le fer brut qui n'a reçu aucun poli.

Il est très-probable, comme je l'ai déja dit, que dans les temps héroïques on employoit le cuivre plus fréquemment que le fer, parce que ce premier métal étoit plus facile à travailler. Autrement, excepté pour quelques ustensiles de luxe, on auroit presque toujours préféré le fer, sur-tout pour les armures, puisqu'on reconnoissoit que sa dureté étoit plus considérable que celle du cuivre. « Le corps des Grecs, » dit Hector, est-il de pierre ou de fer, » pour résister aux coups de nos armes d'airain (192)?

---

(188) Φαρμάσσειν.

(189) Αἴθων passim.

(190) Πολίος passim.

(191) Μέλας passim.

(192) Il. IV. 510.

Homere, pour offrir une image physique de la fermeté de l'ame la compare au fer. L'expression cœur de fer (193) lui est très-familiere, mais il ne l'emploie jamais qu'en bonne part : c'est ainsi qu'Horace a dit, un cœur ceint d'un triple airain (194), pour exprimer une ame forte & courageuse, & non pas une ame insensible. Homere dit que les yeux d'Ulysse étoient comme du fer (195), pour exprimer qu'il sçut se contenir & ne pas paroître troublé à l'aspect de Pénélope : « Euryclée promet» tant à Ulysse qu'elle gardera son secret, lui » assure qu'elle sera aussi inébranlable que le » fer (196) ».

Le fer attire l'homme (197) dit Homere : le Poëte, selon le Scholiaste, indique par cette expression qu'un homme est plus près de commettre un meurtre quand il a des armes sous les yeux (198). Je préfere l'interprétation d'Eus-

---

(193) *Σιδήρεος ἐν φρεσὶ θυμός.*

(194) Horatius. Od. III. L. I. v. 9.

(195) Odyss. XIX. 211.

(196) Odyss. XIX. 494.

(197) *Αὐτὸς γὰρ ἐφέλκεται ἄνδρα σίδηρος.*
Odyss. XVI. 294.

(198) In hunc Vers.

tathe ; Homere, dit-il, veut indiquer que le fer attire un homme irrité, comme il attire l'aimant (199). Tacite a dit de même, des armes offertes à l'yvresse irritent le desir d'en faire usage (200).

Mentes raconte à Télémaque qu'il vient de Taphos (201) & qu'il va à Temese changer du fer contre de l'airain. Peut-être y avoit-il des mines de fer dans cette île, une des Echinades, & que nous nommons aujourd'hui Cuzzolari : mais Eustathe nous apprend que la plupart des habitants de Taphos étoient des Pirates, ainsi le fer dont ils commerçoient pouvoit avoir été pris dans leurs courses.

2. CUIVRE.

Χαλκὸς. Il. IV. 511.
Cuprum. Venus. Æs. Waller. Cl. 3. Ord. IV. Gen. 54.
Cuivre.

Le cuivre étoit le métal le plus communé-

(199) In hunc Vers.

(200) Visa inter temulentos arma, cupidinem sui movere Hist. L. I. 80.

(201) Odyss. I. 184.

ment employé au temps d'Homere : tous ſes Traducteurs & Commentateurs l'ont appellé airain, probablement parce qu'ils ont jugé l'expreſſion plus noble.

On attribue à Cadmus la découverte du cuivre ; mais l'arrivée de ce Prince en Grece, n'eſt pas d'une époque aſſez antérieure à celle où l'on fixe la découverte du fer, pour que cette opinion ſoit bien fondée. Le cuivre étoit pendant le ſiége de Troye d'un uſage trop univerſel ; on ſavoit trop bien le travailler alors pour que l'époque de ſa découverte eut précédé de ſi peu celle de la découverte du fer.

Strabon prétend que le cuivre fut d'abord découvert à Calcis, Colonie Athénienne, fondée avant la guerre de Troye, & qu'il reçut ſon nom (202) de cette ville (203). Cette opinion eſt bien plus probable que celle de Pline & d'Euſtathe (204), qui diſent que cette ville fut ainſi nommée, parce que le cuivre y fut découvert, & primitivement travaillé.

L'uſage du cuivre avoit précédé celui du

(202) Χαλκὸς, Chalcos.

(203) Strab. t. II. p. 723.

(204) Euſt. p. 279. l. 6.

fer. Hésiode l'atteste, en parlant des premiers âges du monde. Il dit, « les hommes avoient » alors des armes d'airain, des maisons d'ai- » rain, ils ne travailloient que l'airain; le fer » n'étoit pas encore découvert (205) ». Lucrece a suivi le sentiment d'Hésiode (206), & il a été adopté par tous les anciens & les modernes.

Plusieurs auteurs en ont conclu que dans les temps héroïques on ne connoissoit que le cuivre ou airain, & que par-tout où Homere place le mot qui a depuis signifié fer, il faut l'entendre de l'airain. Eustathe dit au contraire, que par-tout où nous lisons le mot airain, il faut l'entendre du fer.

Homere, dit-il, ne s'exprime ainsi qu'à cause de l'ancien usage du cuivre trempé, qui avant lui tenoit lieu de fer; & jusqu'au temps d'Hésiode, on faisoit usage d'instruments d'airain, le fer n'ayant pas encore été découvert (207). Il y a plus d'une erreur dans ce passage, & elles sont

---

(205) Hésiode, ἔργα καὶ ἡμέραι.

(206) Posterius ferri vis est, æris que reperta
Et prior æris erat quam ferri cognitus usus.
Luc. L. V. v. 1286.

(207) Eust. Il. I. 236.

faciles à remarquer, il faudroit d'abord regarder Hésiode comme beaucoup plus ancien qu'Homere, & les plus habiles Chronologistes (208) s'accordent à penser qu'il a au contraire vécu peu de temps après lui. Secondement, nous avons vu que le fer avoit été découvert plus de deux cent cinquante ans avant la guerre de Troye, & par conséquent beaucoup plus de cinq cent ans avant la naissance d'Homere & d'Hésiode; en accordant même que ce dernier seroit plus ancien qu'Homere, & par conséquent le premier auteur grec qui nous soit parvenu : il ne s'ensuivroit pas, de ce qu'il en auroit parlé le premier, relativement à nous, qu'on eût commencé à travailler le fer de son temps. Clarke, fondé certainement sur le sentiment d'Eustathe, traduit le mot *chalcos*, cuivre (209), tantôt par fer, tantôt par airain, ce qui ne sert qu'à embrouiller les idées. Je ne sais pas comment ces deux métaux, si clairement distingués par Homere ont pu être confondus.

---

(208) Chronol. d'Hérodote, par M. Larcher, Canon. p. 551.

(209) Χαλκός.

Le seuil de l'enfer est d'airain, dit Homere, les portes sont de fer (210), — un bruit de fer s'élevoit vers le ciel d'airain (211), — l'axe des roues du char d'Iris est de fer, les rayons sont d'airain (212), — les uns avoient des armes de fer, les autres des armes d'airain (213). Mentes va à Temese échanger du fer contre de l'airain (214). Il est malheureux qu'Homere ne nous ait pas appris dans quelle proportion se faisoit cet échange, nous aurions pu savoir quelle valeur différente on attachoit à ces deux métaux.

Une foule d'autres passages auroient pu me servir à prouver qu'Homere ne les confondoit point, puisqu'il les oppose si souvent l'un à l'autre, mais il a encore une autre maniere de les caractériser : en parlant du fer & du cuivre

---

(210) Il. VIII. 15.

(211) Il. XVII. 424. Homere appelle le ciel d'airain, parce que les anciens le regardoient comme une voûte solide. Racine a dit ainsi :

> Les cieux pour nous fermés & devenus d'airain.
>
> Athalie. Act. I. Scene I.

(212) Il. V. 723.

(213) Il.

(214) Odyss. I. 184.

poli, il appelle le premier blanc, & le second rouge (215). Il les désigne d'ailleurs par les mêmes épitheres, lorsqu'il parle des propriétés qui leur sont communes.

Le fer étoit donc, comme nous l'avons déja vu, très-bien connu dans les siécles héroïques; cependant le cuivre étoit encore d'un usage plus général, parce qu'il étoit plus facile à travailler. Les instruments des arts, & les armes étoient le plus souvent de cuivre: mais comment ce métal étoit-il susceptible d'une assez grande dureté, pour être appliqué à ces différents usages.

Le mot airain employé par les Traducteurs, pourroit faire penser que le métal dont parle Homere, étoit comme notre bronze ou airain, une combinaison de cuivre & d'étain; mais rien n'indique cet alliage dans Homere, qui parlant si souvent du cuivre, n'auroit pas manqué de le faire connoître sous ce rapport. Il y a même tout lieu de croire que cet alliage n'étoit pas connu. Homere parle par-tout du cuivre comme d'un métal, & non pas comme d'une combinaison. Quand Vulcain

---

(215) Eusthathe, p. 756, l. 43.

commence le bouclier d'Achille, il met le cuivre dans sa forge, comme le fer, l'or, l'étain, &c. Il n'est question d'aucune préparation antérieure pour la composition de ce métal.

Il est pourtant constant que les anciens avoient un secret pour donner au cuivre plus de dureté, il n'auroit pas pu sans cela servir aux différents usages auxquels on l'employoit (216). Ce fait a été mis hors de doute par le Comte de Caylus. Ses opérations sur le cuivre lui ont donné un métal très-dur, ayant enfin toutes les propriétés du fer.

M. de Caylus a découvert deux procédés pour y réussir (217), le premier, c'est d'allier le cuivre avec le fer; ce qui lui a fait présumer que le cuivre dont on se servoit dans les temps héroïques pour les armes & les outils, pouvoit bien être ferrugineux (218).

---

(216) Tzetzes ad Hésiod. opera & dies. v. 150. p. 48.

(217) Recueil d'Antiquités. t. I. p. 251.

(218) Ce cuivre devoit appartenir aux différentes espèces de cuivre que Wallerius appelle, *cuprum sulphure & ferro mineralisatum*, la mine jaune pâle de cuivre, ou la pyrite cuivreuse de M. Daubenton. Tableau, &c. p. 29.

L'autre opération consistoit à le tremper par cémentation, à-peu-près comme pour convertir le fer en acier.

Diodore de Sicile (219) & Clément d'Alexandrie (220) attribuent l'invention de la trempe du cuivre aux Dactyles Idéens.

Quelque fût le procédé employé dans les temps héroïques, il est constant qu'il en existoit un pour durcir le cuivre ; c'étoit ce qui rendoit ce métal propre à un si grand nombre d'usages. On en faisoit des cuirasses (221), des haches (222), des épées (223), des plats (224), des hameçons (225), des bottines (226), &c.

Cette grande utilité du cuivre le faisoit regarder comme une véritable richesse (227).

---

(219) Diod. de Sicil. L. VII.

(220) Stromat. L. I.

(221) C'étoit ce qui avoit fait nommer les Grecs Χαλκοχίτωνες. Il. II. 47.

(222) Il. I. 236.

(223) Il. III. 334.

(224) Il. XI. 629.

(225) Il. XVI. 408.

(226) Χαλκοκνήμιδες. Les bottines étoient pourtant le plus souvent d'étain. Eust. p. 663. l. 30.

(227) Il, II, 226.

Therſite reproche à Agamemnon que ſes tentes regorgent d'airain.

Il paroît que dans les temps héroïques, on prodiguoit le cuivre pour les conſtructions. Les murailles du Palais d'Alcinoüs & le ſeuil des portes étoient d'airain (228). L'île d'Eole étoit enceinte de murs d'airain (229). Je ſais bien que ces deſcriptions ſont imaginaires, cependant pluſieurs auteurs parlent de ſeuils de cuivre (230). Minerve Chalciœcos avoit à Sparte un Temple de cuivre (231), probablement ces murs & ces Temples étoient recouverts de lames de cuivre : c'eſt le ſentiment de Barnes (232). Il répugne en effet à la raiſon, de penſer qu'ils ayent été de cuivre maſſif.

Homere appelle le cuivre brillant, indomptable, & lui donne encore une foule d'autres épithetes qui n'apprennent rien ſur ſa nature & ſur l'idée qu'on en avoit.

---

(228) Odyſſ. VII. 86.

(229) Odyſſ. X. 3.

(230) Æneid. I. 448. — Pauſan. L. 9. C. 19. p. 748.

(231) M. Larcher, Table Géographique de l'Hiſtoire d'Hérodote, au mot Sparte.

(232) Barnes, in Odyſſ. VII. 86.

Homere appelle chambre d'airain (233), la forge domeſtique où l'on travailloit les inſtruments d'airain, ce qui prouve que les rois & les gens riches avoient chez eux des forges pour leurs beſoins journaliers. Ulyſſe prie les femmes de Pénélope d'aller dire à cette Princeſſe qu'un étranger lui demande l'hoſpitalité. Mélantho qui a un commerce illégitime avec Eurymaque un des pourſuivants, lui répond: « Ne voulez-vous pas coucher dans la chambre » d'airain (234) », c'eſt-à-dire, dans la forge, dont les mendiants, ſelon Euſtathe (235), avoient l'entrée libre pour dormir & s'étendre auprès du feu.

Le dieu de la guerre eſt nommé dans l'Iliade Mars d'airain (236), parce que ce métal deſtructeur ſervoit ſur-tout dans les combats.

Homere donne aux chevaux vigoureux, l'épithete aux pieds d'airain, pour exprimer, dit Euſtathe, la force de leurs jambes, ou le bruit qu'ils font en marchant (237). Clarke pré-

---

(233) *Χαλκήϊος δόμος*. Odyſſ. XVIII. 327.

(234) Id. v. 325.

(235) Euſtat. p. 1848. l. 60.

(236) *Χάλκιος Ἄρης*. Il. V. 704.

(237) *Χαλκόποδες*. Il. VIII. 41.

rend mal-à-propos que Virgile a dit dans le même ſens, une biche aux pieds d'airain (238). Homere dit ici dans un ſens figuré, ce que Virgile dit dans un ſens réel, puiſqu'il parle de la Biche aux cornes d'or & aux pieds d'airain conſacrée à Diane, qui habitoit le Menale, montagne d'Arcadie, & qu'Hercule joignit à la courſe.

Homere appelle l'airain parlant (239), non pas parce qu'il eſt le ſeul des métaux qui ait une eſpece de voix, comme le dit Euſtathe, qui cite à ce ſujet un paſſage d'Hérodote (240), mais parce qu'étant le plus ſonore, Homere a voulu le déſigner par cette propriété qu'il poſ-

---

(238) Æripedem Cervam. Æneid. L. VI. v. 802.

(239) Ἤνοπα. Il. XVII. 349. XVI. 408. Euſt. p. 607. l. 34. p. 1140. l. 2. 5.

(240) Les Perſes aſſiégeant Barcé, avoient pouſſé des mines juſqu'aux murailles; un ouvrier en cuivre découvrit leurs mines par le moyen d'un bouclier d'airain; il faiſoit le tour de la ville dans l'enceinte des murailles avec ſon bouclier, & l'approchoit contre terre. Dans les endroits où les ennemis ne minoient pas: le bouclier ne rendoit aucun ſon; mais il en rendoit dans ceux où ils travailloient. Les Barcéens contreminèrent ces endroits & tuèrent les mineurs Perſes. Hérod. Liv. IV. §. 200. Trad. de M. Larcher.

fede plus éminemment que les autres. C'est ainsi que nous disons aujourd'hui, l'airain tonnant, l'airain grondant, l'airain sonnant.

Homere donne à Stentor une voix d'airain (241) pour exprimer combien elle étoit forte & sonore; nous disons aujourd'hui des poulmons d'airain.

La mort dans Homere est un sommeil d'airain : il a dormi d'un sommeil d'airain (242), c'est-à-dire, il est mort, il ne peut plus se réveiller. Virgile substitue presque toujours le mot fer à celui d'airain, parce que l'usage de ce premier métal étoit plus répandu de son temps. Voilà pourquoi il appelle la mort un sommeil de fer (843).

Tous les instruments religieux sont en général d'airain. Servius dit que ce métal est plus agréable aux dieux (244), ou à cause de son éclat, ou parce qu'on lui croyoit une propriété expiatoire.

---

(241) Χαλκεόφωνος. Il. V. 785.

(242) Χάλκεον ὕπνον. Il. XI. 241.

(243) Olli dura quies oculos, & ferreus urget
Somnus, in æternam clauduntur lumina noctem.
Æn. X. 745.

(244) Servius in Æned. I.

Les anciens prétendoient que les plaies des armes de cuivre étoient moins dangereuſes que celles des armes de fer (245). On trouve dans Pline qu'Achille avoit guéri Telephe avec la rouille de ſa lance dont la pointe étoit de cuivre (246). Homere ne dit pas un mot de cette propriété du cuivre, dont Suidas fait auſſi mention (247), & dont Hector ſe feroit bien trouvé.

Homere nous fait connoître pluſieurs mines de cuivre. Nous avons vu qu'il parloit de celle de Temeſe. Les anciens & les modernes ont été aſſez partagés ſur ſa poſition. On connoiſſoit deux villes de ce nom, l'une en Chypre, l'autre en Italie. Le cuivre de Chypre avoit ſûrement de la célébrité au temps d'Homere, & ce Poëte en diſant que la belle cuiraſſe d'Agamemnon eſt un préſent du Roi de cette île (248), fait ſans doute alluſion à l'abondance de ce métal dans cette contrée. Je crois cependant avec Strabon, Euſtathe & pluſieurs

---

(245) Ariſtote. Probl. 35. §. 1. p. 663. & Plut. t. II. p. 629. Euſt. t. I. p. 97. Edit. Politi.

(246) Pline. L. XXV. §. 19. p. 365.

(247) Voce Τηλεφου τρῶμα.

(248) Il. XI. 35.

auteurs

auteurs célèbres, qu'il eſt ici queſtion de la Temeſe de l'Italie.

Strabon dit que c'eſt à cette ville, & non pas à la Temeſe de Chypre qu'il faut rapporter le paſſage d'Homere; il ajoute qu'on voyoit encore de ſon temps dans le voiſinage de cette ville, des atteliers d'ouvriers en cuivre (249). Euſtathe tire un argument bien fort de la poſition des lieux, il prouve que pour aller de Taphos à Temeſe dans l'Italie, il falloit paſſer par Ithaque (250).

Cette Temeſe étoit ſituée dans le pays des Brutiens (251). Il paroît que ce nom lui avoit été donné par les Phéniciens qui alloient y chercher des métaux. *Temes*, dit Bochart (252), ſignifie fuſion en langue Phéniciene. Ils avoient donné ce nom à deux villes célèbres par leurs mines.

Les Grecs appellèrent la Temeſe de l'Italie, Brenteſion (253), d'un mot Meſſapien qui ſigni-

(249) Strab. L. VI. p. 255.

(250) Euſtathe. In Odyſſ. p. 1409. l. 1.

(251) Steer my voyage to the Brutian Strand.
Pope. II. I. 234.

(252) Bochart. Canaan.

(253) [illegible]. C'étoit une ville très-célèbre de l'Ita-

fie tête de cerf, à cause de la ressemblance qu'avoit la forme de cette ville avec la tête de cet animal. Les latins la nommèrent Brundusium, elle est à présent appellée Brindisi par les Italiens, & Brindes par les François. Le pays des Brutiens a toujours été très-fertile en métaux, même au temps d'Alaric qui ordonna de les exploiter (254).

L'airain de l'une & de l'autre Temese étoit célèbre dans l'antiquité. Lycophron (255), Ovide (256) & Stace (257) en font mention.

---

pygie avec un très beau port. Hérod. L. IV. C. 99. Flor. L. I. C. 20. La ville & son port ressembloient à une tête de cerf, ce qui lui avoit fait donner le nom de Brentesion, qui en langue Messapienne signifioit tête de cerf. Stra. L. VI. p. 432. B. Eustat. p. 1409. l. 1 M. Larcher, Table Géographique d'Hérodote, au mot *Brentesium*.

(254) In Brutiorum provincia, officinis solemniter institutis, montium viscera perquirantur, intratur beneficio artis, in gremio telluris, & velut in thesauris suis, natura locuples inquiratur. Cass. IX. Var. p. 195.

(255) Ταμάσιον κρατῆρα. v. 814.

(256) Hippoladæ que domo Regis, Temesesque metalla.
Ovid. Mét. L. XV.

(257) Se totis Temese dedit hausta metallis.
Stat. Syl.

La mere d'Eumée se glorifie d'être de Sidon, abondante en airain (258). M. Schaufelberger, observe que ces mots peuvent bien signifier la richesse que produisoit à cette ville le commerce de sa teinture de pourpre, si estimée par toute la terre (259). Madame Dacier traduit seulement l'opulente Sidon. Je pense cependant qu'Homere parle en effet du cuivre de Sidon. On le tiroit probablement de Sarepta, ville dans le voisinage de Sidon, & dont les livres saints parlent comme d'une contrée très-abondante en cuivre (260).

3. PLOMB.

Μόλιβος. Il. XI. 287.
Κύανος μέλας Il. XI. 35.
Plumbum. Saturnus. Wall. Cl. III. Ord. IV. Gen. 55.
Plomb.

Eustathe s'étend beaucoup sur les différentes manieres d'écrire en grec le mot plomb (261),

(258) Odyss. XV. 424.

(259) Nova clavis Homerica. L. I. v. 136.

(260) Deutéron. XXXIII. 25.

(261) Μόλιβδος, μόλυβος, μόλυβδος. Eust. p. 841. l. 17. & p. 1340 l. 29.

mais il ne dit rien sur ce qu'on savoit de ce métal dans les temps héroïques.

Homere ne nous apprend presque rien du plomb, pour peindre sa mollesse, il dit que la pointe du trait s'émoussa comme si elle eut été de plomb (262). Il parle aussi de l'usage de mettre des balles de plomb au bout des lignes, pour entraîner l'hameçon au fond de l'eau. « Thétis, dit-il, descend comme une balle » de plomb suspendue au bout de la corne d'un » bœuf domestique, & qui va porter la mort » aux poissons avides (263) ». Voilà tout ce que ce grand Poëte nous apprend du plomb sous son véritable nom.

Mais si mes conjectures sont fondées, c'est encore le plomb qu'Homere désigne par le nom de Cyanus noir (264).

Plusieurs Traducteurs ont interprété Cyanus par azur. Il est vrai que, Cyanus, vient du terme qui signifie couleur bleue, & que les anciens l'ont employé pour indiquer l'azur ou lapis-lazuli des modernes qu'ils confondoient

---

(262) Il. XI. 237.

(263) Il. XXIV. 80.

(264) Κύανος μέλας. Il. XI. 55.

quelquefois sans doute avec le bleu de montagne, la mine de cuivre azurée, la pierre arménienne, &c. Tel est au moins le cyanus de Théophraste, de Dioscoride, de Pline, de Galien, &c. mais je ne puis me persuader que ce soit celui d'Homere. Ce Poëte place sur le bouclier d'Agamemnon & d'Achille des ornemens de cyanus; est-il croyable qu'il ait voulu parler de pierres bleues enchassées, qui n'auroient opposé aucune résistance dans les combats, lui qui ne fait entrer que les métaux, & jamais les pierres dans la composition des armures.

On ne peut pas dire non plus que par ce mot, Homere exprime une couleur bleue étendue sur les métaux. Homere ne parle jamais d'armes peintes.

Par le mot cyanus & cyanus noir, Homere ne peut donc avoir voulu parler que de quelque métal particulier, à qui il donne ce nom, parce que sa couleur approchoit un peu de la couleur bleue.

Quelques auteurs ont si bien senti qu'Homere par cyanus entendoit un métal, qu'ils ont traduit très-improprement ce mot par acier. M. le Brun le rend toujours ainsi, & Goguet dit en commentant le passage de la description du bouclier d'Achille, où le Poëte raconte que Vulcain avoit figuré une vigne d'or entourée d'un fossé de cyanus (265); « des » morceaux d'acier poli & bruni, formoient » probablement les grains de raisin noir, un » fossé de semblable métal environnoit pro- » bablement ce vignoble (266) ».

Eustache dit seulement du cyanus, que c'étoit une couleur bleue tirant sur le noir (267), mais selon Devarius qui a rédigé la Table grecque des matieres du commentaire d'Eustathe, « le cyanus est une couleur bleue, ou » plutôt un certain métal d'une couleur » noirâtre (268) ».

Le cyanus étoit donc un métal, mais de quelle nature ? J'imagine que le mot cyanus désigne l'étain, & le mot cyanus noir, le plomb. Ces deux métaux sont les seuls à qui leur aspect bleuâtre ait pu faire appliquer cette dénomination.

---

(265) Il. XVIII. 505.

(266) Orig. des Loix, des Arts, &c. t. III. p. 330; Id. p. 343.

(267) Eust. p. 1370. l. 28.

(268) Voce Κύανος.

Quoiqu'on sçût en général distinguer l'étain du plomb, ces deux métaux parurent d'abord avoir entr'eux tant de rapport, qu'il étoit fort difficile d'en déterminer exactement la différence, sur-tout dans les siécles héroïques, puisque nous verrons que cette connoissance n'étoit pas fort avancée au temps de Pline. La couleur plus blanche de l'étain, sur-tout de celui des îles Cassiterides, devoit donc être le seul caractere extérieur qui le fit distinguer du plomb qui a une couleur bleue plus foncée, & qui approche plus du noir; de-là on nomma l'étain *cyanus*, & le plomb, *cyanus noir.*

On pourra m'objecter qu'Homere qui emploie si souvent le mot κασσίτερος, *cassiteros*, pour l'étain, n'a pas besoin du mot κύανος, *cyanus.* Je répondrai que les Latins avoient pour l'étain, le mot *Stannum*, & que cela n'empêchoit pas qu'ils le désignassent par *plumbum* seulement (269), le plomb par excel-

(269) Nous apprenons par le témoignage de Pline, qui nous donne la quantité des ingrédiens, & d'autres particularités relatives à la teinture de Tyr, que la cuve dans laquelle on la faisoit bouillir étoit d'étain, *fervere in plumbo.* Il est clair d'après plusieurs passages de cet auteur, que par le mot *plumbum*, il entend l'étain. Car,

lence; & qu'ils donnassent au plomb le nom de *plumbum nigrum*, plomb-noir, toujours par une suite de ce qu'on ne reconnoissoit d'abord d'autre différence entre le plomb & l'étain, qu'une couleur bleuâtre tirant plus ou moins sur le noir.

La Nomenclature d'Homere avoit sur celle des Latins l'avantage de n'offrir aucune confusion. La double signification du mot latin *plumbum*, pouvoit quelquefois faire prendre l'étain pour le plomb, mais Homere ne donne jamais à une de ces substances, le nom qui désigne l'autre (270), & il ne se sert du mot cyanus, que quand il confond ces métaux pour les propriétés; alors il l'emploie seul pour l'étain, & avec l'épithete noir, pour le plomb. Cette distinction nous offre un exemple de la mé-

---

selon lui, le métal appellé *plumbum*, étoit divisé en blanc & en noir. Le premier étoit le meilleur, c'est à lui qu'il attribue les noms & les qualités de l'étain, quoiqu'il l'appelle souvent *plumbum* seulement, à cause de son excellence, & qu'il omette l'épithete *candidum*, au lieu qu'il ajoûte toujours le mot *nigrum* quand il parle du plomb. Mélanges de Littér. étrang. t. II.

(270) On ne trouve jamais dans Homere *κασσίτερος μέλας*, ni *μόλυβδος λευκός*.

thode d'Homere, d'appliquer un nom générique aux substances naturelles qui ont entr'elles quelque rapport, & de désigner les espèces par quelqu'épithete caractéristique ; c'est ainsi qu'il appelle le porc domestique, porc seulement (271), & le sanglier, porc sauvage (272). Cette idée sera plus développée dans la Zoologie Homérique.

Le bouclier d'Agamemnon est orné de vingt bossettes d'étain blanc (273), au milieu desquelles il y en a une de cyanus noir, de plomb. Cette bossette de plomb, dira-t-on, devoit être assez mesquine, mais vingt bossettes d'étain nous paroissent-elles plus magnifiques pour le Roi des Rois, le Chef de tous les Grecs. Cette bossette de plomb n'étoit mise sans doute que pour rehausser l'éclat des vingt bossettes d'étain dont elle étoit entourée.

La cuirasse d'Agamemnon étoit composée de dix bandes de cyanus noir, de douze d'étain, & de vingt d'or (274) : assurément Homere

---

(271) Σῦς.

(272) *Σῦς ἄγριος.*

(273) Il. XI. 35.

(274) Il. XI. 24.

n'auroit pas placé ſur une cuiraſſe dix bandes d'azur ou lapis lazuli, il falloit bien que ce fut un métal.

Un de mes amis m'a fait obſerver qu'il voyoit ici une eſpece de progreſſion, vingt bandes de la matiere la moins précieuſe de l'étain, douze de la plus riche de l'or ; & dix ſeulement de cyanus noir. Mais ſi cette progreſſion étoit comme il le penſe, en raiſon de la richeſſe & de la rareté de ces ſubſtances, le cyanus noir auroit donc été plus précieux que l'or. Je crois que ces matieres ſont ainſi diſpoſées pour varier les couleurs, & non pas à cauſe de leur prix.

Je ne donne mes idées ſur le cyanus d'Homere, que comme des conjectures, mais j'avoue qu'elles me paroiſſent beaucoup approcher de la vérité.

4. ÉTAIN.

Κασσίτερος. Il. XI. 25.
Κύανος? Il. XVIII. 505.
Stannum. Jupiter. Wallerii. Cl. III. Ord. IV. G. 56.
Etain.

L'uſage de l'étain étoit fort répandu chez les anciens dans les temps Homériques, il étoit mis dans le commerce par les Phéniciens qui le tiroient de l'Espagne & du Portugal, mais le plus beau venoit des îles Cassitérides, ou îles d'Étain. On sait aujourd'hui que ces îles étoient les Sorlingues, & une partie de la côte de Cornouaille (275) : il est singulier qu'Homere n'ait pas parlé de ces îles Cassitérides.

L'étain servoit à différents usages ; il entroit dans la fabrication des armures, mais sur-tout comme ornement : sa trop grande molesse le rendoit incapable de résister aux coups, & il ne pouvoit pas par conséquent former le fond des armes défensives. La cuirasse & le bouclier d'Agamemnon sont ornés de bandes & de bossettes d'étain (276). Vulcain avoit entouré la vigne d'or, représentée sur le bouclier d'Achille, d'une barriere d'étain (277) : les vaches figurées sur ce même bouclier étoient d'or & d'étain (278). « Je donnerai à Eumele, » dit Achille, la cuirasse d'airain ornée d'un » bord brillant d'étain, que j'enlevai à Astéropée (279) ».

(275) Bochart. Canaan. L. I. C. 39. p. 722. 724.

(276) Il. XI. 24-35.

(277) Il. XVIII. 565.

(278) Il. XVIII. 574.

(279) Il. XXIII. 560.

J'ai dit que l'étain n'étoit point employé pour faire le fond des armes défensives. Il en faut excepter les botines qui couvroient les parties les moins exposées. Celles que Vulcain fabrique pour Achille sont d'étain (280. J'observerai que les Grecs excelloient probablement dans la fabrication de ces botines, car Homere les appelle très-fréquemment *les Grecs aux belles botines* (281).

J'ai déja dit que le mot cyanus me paroissoit signifier l'étain; en adoptant cette idée, l'étain entroit avec les autres métaux dans la décoration des palais. Les murs de l'appartement d'Alcinoüs sont d'airain, depuis le seuil de la porte jusqu'à l'extrémité; & leur couronne est d'étain (282). Cette couronne (283) étoit probablement ce que nous appellons aujourd'hui la corniche. Il paroît par les descriptions d'Homere, que les murs des palais & les maisons des riches étoient revêtus de

---

(280) Il. XVIII. 612.

(281) Ευκνήμιδας Ἀχαιούς. Il. III. 156.

(282) Odyss. VII. 87.

(283) En grec, θριγκός. Odyss. VII. 87.

métaux comme ils le sont aujourd'hui de bois peints & sculptés.

Homere applique à l'étain cette épithete *facile à traiter* (284) ; il est en effet le plus fusible de tous les métaux ; c'est, dit Eustathe, ce qui lui a fait donner son nom grec, qui en le décomposant signifie, facile à fondre (285). Eustathe borne ses remarques sur l'étain d'Homere à quelques réflexions grammaticales.

5. ARGENT.

Ἄργυρος. Il. I. 219.
Argentum, Luna, Wall. Cl. III. Ord. IV. G. 57.
Argent.

L'argent est fréquemment cité dans Homere, mais pourtant pas aussi souvent que l'or.

L'argent venoit d'Alibé, dit Homere : « Epistrophus & Hodius, chefs des Halizomiens, les » amenoient d'un pays éloigné, d'Alibé où est

---

(284) Ἑανός. Il. XVIII. 612.

(285) De καυσις, combustion, & τειρω, je blesse. Κασσίτερος signifie étain, parce que ce métal est aisément attaqué, mis en fusion par le feu. Eust. p. 1154. l. 18. p. 1167. l. 57.

» l'origine de l'argent (286) ». Selon Étienne de Bysance, Alibé étoit le Palus-Mœotide (287). Charles Etienne place Alybé dans la Mysie (288). Selon Dydime, Alibé est une ville de Bithynie, où l'on trouve de fort bel argent. Les Alybes, dit Strabon, appelés depuis Chalybes, étoient des peuples qu'il nomme Chaldæi (289), formés de la réunion de plusieurs autres peuples; ils habitoient le Pont, & tout leur pays partagé en profondes vallées, & en montagnes, est encore appellé Keldir (290). Les mines d'argent d'Alibé n'existoient plus au temps de Strabon, mais on en tiroit abondamment du fer.

L'argent entroit beaucoup dans la parure & dans la décoration des armes. L'épée d'Achille avoit une poignée d'argent (291). Les botines de Pâris étoient attachées avec des agraffes d'argent (292). La vigne d'or du bouclier

---

(286) Il. II. 857.

(287) Voce Χαλυβεις.

(288) Diction. Voce aliba.

(289) Strab. XII. p. 549.

(290) Danville. Geog. anc. p. 100.

(291) Il. I. 219.

(292) Il. III. 331.

d'Achille étoit soutenue avec des bâtons d'argent (293).

Homere ne dit rien de l'argenture, tandis que nous allons voir que la dorure étoit connue.

On ne savoit pas encore faire entrer l'argent dans les tissus, puisqu'on ignoroit même l'art d'y faire entrer l'or. Homere parle pourtant plusieurs fois de robes d'argent, je ne puis croire avec la plupart des interprétes, que ces expressions signifient des robes blanches. Homere donne à Calypso & à Circé une robe d'argent (294), retenue par une ceinture d'or (295); faut-il entendre par ces mots que la robe blanche de Calypso, ou celle de Circé étoient retenues par une ceinture jaune. Cette explication est évidemment forcée. Probablement les Grecs savoient alors réduire l'argent en lames déliées comme ils faisoient l'or, & ils en appliquoient sur les étoffes avec l'aiguille ou autrement, des petites parcelles de différentes figures, comme nous y attachons aujourd'hui des paillettes.

---

(293) Il. XVIII. 563.

(294) Ἀργύφεον φᾶρος. Odyss. V. 230.

(295) Ζώνην χρυσείην. Id. 231.

Homere nomme Thétis, *la Déesse aux pieds d'argent* (296), par la même raison, que les Poëtes ont depuis appellés les flots *argentés*. Eustathe dit que le mot αργυρόπεζα ne signifie pas, comme le prétendent quelques auteurs, *aux pieds d'argent*, mais que par le mot πεζα, on entendoit une espece de frange ou de galon d'un blanc éclatant, dont on garnissoit le bord des vêtements (297). Le sens figuré me paroît plus convenable au génie d'Homere.

6. OR.

Χρυσὸς. Il. I. 246.
Aurum. Sol. Wall. Cl. Ord. III. IV. G. 58.
Or.

L'or est le métal dont il est le plus souvent parlé dans les poëmes d'Homere. Je ne pense pas qu'il en ait fait mention si fréquemment dans la seule vue de rendre ses descriptions plus magnifiques. Tout nous prouve que dans ces temps, l'or étoit plus répandu qu'il ne le fut ensuite. Comme ce métal frappe plus la

(296) Il. I. 146.
(297) Eustat. Il. I. 538.

vue, & qu'on le trouve plus ordinairement natif; c'eſt celui dont on a dû s'occuper le premier. La ſuperſtition fit enſuite enfouir dans les tréſors des Temples, des ſtatues & des uſtenſiles d'or, d'une portée & d'un poids conſidérables. L'or devint plus rare, le pillage de ces Temples le rendit par intervalle plus commun, mais l'hiſtoire générale de l'or nous meneroit trop loin; elle ſe trouvera dans celle de la Minéralogie ancienne dont je ſuis occupé.

Riccius avance une opinion aſſez ſinguliere; ſelon lui, l'or étoit très-rare dans les temps héroïques, & tous les inſtruments dont Homere parle, ne devoient être que dorés, puiſque l'or ne devint commun dans la Grece, qu'après les conquêtes d'Alexandre (298). Homere lui-même, cite ſi ſouvent l'or, qu'il détruit cette aſſertion. Nous verrons ailleurs en parlant de la dorure, & nous avons vu en traitant de la ſoudure que ce Poëte ſait très-bien diſtinguer les inſtrumens dorés ou ſoudés, de ceux d'or maſſif.

Homere prodigue l'or ſur les armures. Feithius prétend que dans les temps héroïques,

(298) Riccii Diſſertationes Homericæ. t. II. p. 254.

les guerriers ne portoient de pareilles armures que pour se rendre plus redoutable (299); mais cette idée ne me paroît pas juste, puisqu'une semblable magnificence pouvoit bien donner une haute idée de leur puissance & de leur richesse, mais non pas de leur force & de leur valeur.

Je crois plutôt que dans ces temps où tout se décidoit par les armes, elles étoient la véritable parure des guerriers : aussi les voyons-nous en faire tant de cas, qu'ils ne tuent jamais leur adversaire sans les en dépouiller.

Cependant quelques-uns dédaignoient ces ornemens inutiles qui servent plutôt de parade que de défense. Glaucus a des armes d'or; mais celles du redoutable Diomède sont d'airain. Homere compare Amphimacus qui alloit au combat, couvert d'armes d'or, à une jeune fille bien parée (300).

Quoique l'or ne fut pas extrêmement rare dans les temps héroïques, c'étoit pour-tant une substance d'un grand prix, & destinée aux Princes & au culte des Dieux. Homere appelle

---

(299) Feithii Antiquitates Homericæ. L. IV. C. IV. pag. 486.

(300) Il. II. 870.

ſouvent ce métal précieux (301), & c'eſt le ſeul auquel il donne cette qualification.

J'ai dit qu'Homere le prodiguoit. En effet, ſans répéter ce qu'il dit du palais d'Alcinoüs, des chiens d'or qui le gardoient, des eſclaves d'or qui en éclairoient les ſalles, de ceux de même métal qui ſervoient Vulcain dans ſes travaux, du pavé de la ſalle du Conſeil des dieux qui étoient d'or auſſi, car toutes ces choſes ſont des fictions qui prouvent pour-tant combien de fois Homere a cité l'or. L'épée d'Agamemnon avoit une poignée d'or (302); les Troyens dans un ſacrifice ſe ſervent de vaſe d'or (303); le ſceptre d'Achille eſt enrichi de clous d'or (304); ce Prince propoſe pour prix d'un combat, deux talents de ce métal; enfin, car les exemples particuliers ne finiroient pas, Homere nous montre l'or par-tout.

Euſtathe prétend que l'or étoit conſacré à Apollon, & que c'eſt la raiſon pour laquelle Homere donne à ce Dieu un ſceptre d'or. Mais

---

(301) *Χρυσοῖο τιμήεντος.* Odyſſ. VIII. 393.
(302) Il. II. 45.
(303) Il. III. 248.
(304) Il. XXIII. 731.

Homere ne dit rien de ce partage des métaux entre les dieux. Le ſceptre d'Apollon eſt d'or, parce que le métal le plus éclatant eſt celui qui convient le mieux au dieu du Jour.

L'or ſe comptoit par talents & demi-talents (305).

C'étoit le métal dont on s'étoit le plus occupé. Homere le caractériſe par une épithete qui ſignifie qu'on lui fait prendre un grand nombre de formes (306), & la multitude des ouvrages d'or cités dans ſes Poëmes en eſt la preuve.

Les Princes ſages avoient des tréſors amaſſés pour le beſoin, mais l'or n'en compoſoit qu'une partie. Télémaque monte à la chambre du tréſor de ſon pere, placée dans un lieu élevé, & qui renfermoit l'or & l'airain qu'il avoit amaſſés, ſes vêtements & ſes parfums (307).

Nous avons vu que les anciens ſçavoient colorer les métaux par l'alliage, & faire ce qu'on appelle des ors de couleur. Dans le bouclier d'Achille, on voyoit le ſol noirciſſant ſous le

---

(305) Suprà, p. 1.

(306) Πολυδαίδαλος. Odyſſ. XXIII. 111

(307) Odyſſ. II, 338.

ſoc de la charrue, comme la terre retournée; quoi qu'il fût d'or, ce qui étoit admirable (308). Vulcain avoit placé ſur ce bouclier une vigne d'or chargée de raiſins noirs (309).

Homere nous offre un exemple d'un travail délicat, formé de pieces d'or & d'étain ſoudés, ou rapportés par petites parties. — Vulcain, dit-il, avoit figuré ſur le bouclier d'Achille des vaches d'or & d'étain, des bergers d'or ſuivoient ce troupeau (310). -- Nous avons vu en parlant de la corbeille d'Hélene qui étoit d'argent avec une bordure d'or, qu'on connoiſſoit l'art de ſouder ces métaux (311).

On pratiquoit auſſi la dorure, mais non pas comme nous faiſons aujourd'hui; on ne connoiſſoit pas le laminoir ni la filiere, on ſavoit ſeulement réduire l'or en lames très-minces, ſous le marteau.

Neſtor veut offrir un ſacrifice à Minerve; il ordonne de faire venir le métallurgiſte Laërce pour dorer les cornes de la victime (312).

---

(308) Il. XVIII. 549.
(109) Il. XVIII. 561.
(310) Il. XVIII. 574.
(311) Suprà pag. 54.
(312) Odyſſ. III. 425.

Homere emploie ici le mot doreur (313), mais ſeulement pour exprimer la partie de ſa profeſſion qu'il va exercer dans le moment, puiſque quelques vers plus bas il lui donne le nom générique de métallurgiſte.

Laërce arrive avec les inſtruments de ſa profeſſion. Ce ſont les mêmes que ceux de Vulcain, une enclume portative, le marteau & la tenaille. Neſtor fournit l'or, Laërce le prépare, c'eſt-à-dire, qu'il le réduit en lames ſur l'enclume; il en enveloppe, ou pour me ſervir de l'expreſſion même d'Homere, il le répand enſuite (314) ſur les cornes de la victime, pour qu'elle réjouiſſe les yeux de la Déeſſe (315). Rien n'indique l'application antérieure d'aucun mordant, la lame enveloppe ſeulement les cornes de l'animal, & comme il doit bientôt être immolé, une plus grande ſolidité n'eſt point néceſſaire.

Un autre paſſage de l'Odyſſée prouve cependant qu'on ſavoit dorer l'argent d'une maniere plus durable, mais le procédé n'en n'eſt

(313) Χρυσοχόος. Odyſſ. III. 415.

(314) Περιχεῦεν. Id. 437.

(315) Id. 438.

point décrit. Minerve rend à Ulysse tous les charmes qui le distinguoient, comme un habile ouvrier répand l'or sur l'argent (316). Nous venons de voir que cette expression répandre, ne signifie dans cette occasion qu'envelopper; ainsi, les ouvrages dorés n'étoient probablement que doublés d'or, comme on le pratique aujourd'hui en France, & sur-tout en Angleterre; & comme ont été dans un temps moins reculé les médailles nommées fourrées, mais ces ouvrages étoient recouverts d'or d'une maniere durable & solide, puisqu'ils étoient destinés à plusieurs usages journaliers.

On ignoroit sûrement dans les temps héroïques l'art de passer l'or à la filiere, mais on savoit probablement couper par petites bandes très-délicates, l'or réduit en lames. Vulcain avoit surmonté le cône du casque d'Achille d'une aigrette d'or (317), & on lit plus loin, Achille agitoit l'aigrette d'or, ouvrage de Vulcain (318). L'expression d'Homere (319) prouve

---

(316) Odyss. VI. 232.
(317) Il. XVIII. 611.
(318) Il. XIX. 383.
(319) Ἱππουρις. Il. III. 337.

que cette aigrette avoit la forme de la queue de cheval dont les casques étoient ordinairement ornés, il falloit donc bien qu'elle fût composée de filets ou de lames très-minces.

Goguet imagine qu'on connoissoit dans les temps héroïques l'art de faire entrer l'or dans les tissus (320). Cet art indiqueroit l'invention de la filiere qui étoit sûrement ignorée. Homere parle en effet de ceintures d'or, mais je crois que ces vêtements étoient seulement parsemés de petites plaques d'or réduit en lames sous le marteau, de paillettes (321).

L'or étoit fort commun dans la Thrace. Homere donne à Rhesus, Roi de cette Contrée, qui étoit venu au secours des Troyens, un char d'or & d'argent, & des armes d'or (322); on sçait que la Thrace fournissoit déja de l'or depuis long-temps; Cadmus en découvrit des mines dans le mont Pangée (323).

Homere parle souvent allégoriquement de

---

(320) Origine des loix, des arts & des sciences. t. III, pag. 123.

(321) Suprà Art. Argent.

(322) Il. X. 438.

(323) Pline, VII. 56.

l'or, il appelle une chevelure blonde (324) une chevelure d'or; un éclair, un nuage d'or, &c.

Il nomme souvent Vénus dorée (325); les Commentateurs en rapportent différentes raisons : c'est, dit Eustathe, parce qu'on obtient avec l'or les faveurs de cette Déesse, & il cite pour preuve de cette opinion, l'histoire de Danaé & celle d'Atalanthe (326). C'est selon d'autres, parce qu'elle releve avec l'or l'éclat de sa beauté (327). La Grammairiene Histiée (328) prétend que Vénus avoit un temple dans un lieu nommé Chisos, nom de l'or, & qu'elle a été pour cela appellée dorée; l'opinion la plus probable à mon gré, c'est que les Grecs regardant l'or comme le métal le plus précieux, ont appellé dorée la plus belle des Déesses.

---

(324) Odyss. IV. 14.

(325) Odyss. IV. 14.

(326) Eustathe. p. 1184. l. 61.

(327) Eust. in Il. III. 64.

(328) Citée par Eust. loco laudato.

FIN.

MINÉRALOGIE HOMÉRIQUE.

CLASSE I.

TERRES.

Γῆ. Il. passim.
Αἶα. Il. III. 243.
Γαῖα. Il. II. 465.
Terræ. Waller. Cl. 1. Ord. 1.
Terres.

1. TERREAU.

Γαῖα φυσίζοος. Il. III. 243.
Humus. Wall. t. I. p. 14.
Terreau. Terre franche. Bomare. p. 46.

Terre Noire.

Γαῖα μέλαινα. Il. II. 699.
Humus atrà. Waller. Cl. 1. Ord. 1. G. 1. Sp. 1.
Terre commune noire, terreau, terre des jardins. Bomare. p. 47.

2. ARGILLE.

Κέραμος. Il. IX. 465.
Argillæ. Waller. Cl. 1. Ord. 2. G. 5.
Argille. Bom. Daubenton.

CLASSE II.

SABLES.

1. TERRES SABLONEUSES.

Κόνις. Il. IX. 385.
Κονίη. Il. II. 150.
Glarea. Wall. Cl. 1. Ord. IV. G. 10?
Terres Sabloneuſes. Bom?

2. SABLE.

Ψάμμος. Il. XII. 243.
Ψάμμαθος. Il. XXI. 319.
Arenæ. Wall. Cl. 1. Ord. 4. G. 10?
Sable. Bom.

3. GRAVIER.

Χεράς. Il. XXI. 319.
Arena Saxoſa. Wall. Cl. 1. Ord. 4. G. 10. S. 48.
Gravier en gros ſable. Bom. p. 56.

CLASSE III.

PIERRES.

Λίθος. Il. XXI. 803.
Λᾶας. Il. VII. 268.

Πέτρος. Il. VII. 270.
Χερμάδιον. Il. V. 302.
Lapides. Wall. Cl. 11.
Pierres.

1. MARBRE.

Μάρμαρον. Il. XII. 380.
Calcareus polituram admittens, marmor. Waller. Cl. 11. Ord. 1. G. 2. B.
Marbre. Bomare. Daub.

2. PIERRES PRÉCIEUSES.

Τρίγληνα. Il. XIV. 183.
Fluores? Gemmæ? Achatæ? Gypſum alabaſtrum. Wall.
Fluors, Gemmes, Agathes, Albatres. Bom. Daub.

3. CAILLOU.

Λιθὰς πυκνή. Odyſſ. XXIII. 193.
Silices? Wall. Cl. 11. G. 10.
Caillou? Bom. Daub.

4. POUDDING.

Λίθαξ πέτρη. Odyſſ. V. 415.
Saxum petroſum ſiliceum. Wall. Cl. II. Ord. 5. G. 31.
Pudding. Stone. Anglorum.
Poudding. Bom. Daub.

CLASSE IV.

SELS.

1. SEL MARIN.

Ἅλς. Il. IX. 214.
Acidum muriaticum. Wall. Cl. III. Ord. 1. G. 32.
Acide marin, acide du ſel commun. Bom. Daub.

CLASSE V.

BITUMES.

1. SUCCIN.

Ἤλεκτρον. Odyſſ. XVIII. 295.
Succinum. Wall. Cl. III. Ord. 2. G. 143.
Succin. Bomare. 11. 319.
Ambre jaune. Daub. Ord. 3. G. 5.

CLASSE VI.

SOUFRES.

1. SOUFRE JAUNE.

Θεῖον. Il. XVI. 228.
Sulphur vivum flavum. Wall. Cl. 3. Ord. 2. Gen. 45.
Souffre natif. Bom. Daub.

CLASSE VII.

MÉTAUX.

1. FER.

Σίδηρος. Il. IV. 510.
Ferrum. Wall. Cl. III. Ord. IV. Gen. 53.
Fer. Bom. Daub.

2. CUIVRE.

Χαλκὸς. Il. IV. 511.
Cuprum. Wall. Cl. III. Ord. 4. Gen. 54.
Cuivre. Bom. Daub.

3. PLOMB.

Μόλιβδος. Il. XI. 287.
Κύανος μέλας ? Il. XI. 35.
Plumbum. Wall. Cl. III. Ord. IV. Gen. 55.
Plomb. Bom. Daub.

4. ÉTAIN.

Κασσίτερος. Il. XI. 25.
Κύανος ? Il. XVIII. 505.
Stannum. Wallerii. Cl. III. Ord. IV. G. 56.
Etain. Bom. Daub.

5. ARGENT.

Ἄργυρος. Il. I. 219.
Argentum. Wall. Cl. III. Ord. IV. G. 57.
Argent. Bom. Daub.

6. OR.

Χρυσὸς. Il. I. 246.
Aurum. Wall. Cl. III. Ord. IV. G. 58.
Or. Bom. Daub.

FIN.

INDEX DES AUTEURS

Et des Éditions cités dans cet Ouvrage.

Eustathii.

Eustathii. Commentaria in Homerum, Gr. Romæ, 1542. 4 vol. *in-fol.*

— Edente Alex. Polito, Gr. & Lat. 1730, 1732, 1735. Romæ. 3 vol. *in-fol.*

Fabricii Jos. Christ. Mantissa insectorum. Hafniæ, 1787. 2 vol. *in-8°.*

Feithii Antiquitates Homericæ. Argentor. 1743. *in-12.*

Flori. (L. Annæi.) Epitom. rerum Romanarum. Amst. 16. 98. *in-8°.*

Gesneri Commentatio de Electro veterum, In Commentariis Academiæ Gottingensis. Tom. III.

Goguet Origine des Loix, des Arts & des Sciences. Paris, 1778. 6 vol. *in-12.*

Hardouin (le pere) Apologie d'Homere, 1716. *in-12.*

Heliodori Æthiopica, Gr. & Lat. Édit. Jo. Bourdelotii. Parisiis, 1619. *in-8°.*

Herodoti Historiarum Libri IX. Gr. & Lat. Edit. per. Wesselingii. Amstel. 1763 *in-fol.*

Hesiodi opera & dies, cum Scholiis Procli, Moschi, &c. Edit. Hensii. 1603. *in 4°.*

Hesychii Lexicon, Gr. Edit. Alberti. Lugd. Bat. 1746. 2 vol. *in-fol.*

Homeri. Opera. Gr. & Lat. edente Samuele. Clarkio. Londini. 1754. 2 vol. *in-4°.*

—— Edit. Barnesii Cant. 1711. 2 vol. *in-4°.*

Horace, (Œuvres d') traduites en françois par le Pere Sanadon, avec le texte latin. Amsterd. 1716. 8. vol. *in-12.*

Pollucis (Julii) Onomasticon, Gr. & Lat. Edit. Hemsterhuisii. Amstel. 1706. 2 vol. *in-fol.*

Pope Translation of the Iliad. London. 1715. 1725. 8 vol. *in-8°.*

Racine. (Œuvres de) Paris, 1770. 3 vol. *in-12.*

Riccii Dissertationes Homericæ. Romæ. 3 vol. *in-4°.*

Sallustii (C. Crispi) quæ extant, cum notis variarum. Edit. Havercampi Amst. 1742. 2 vol. *in-4°.*

Schaufelbergeri Nova Clavis Homerica. Turici. 1761 — 68. 8 vol. *in-8°.*

Strabonis Geographia, Gr. & Lat. Edit. Casauboni. Parisiis 1620. *in-fol.*

Suidæ Lexicon Gr. & Lat. ex recens. Lud. Kusteri. Cantabrigiæ. 1705. 3 vol. *in-fol.*

Taciti. (C. Cornelii) Opera. edente Gronovio, Amstel. Dan. Elzevir. 1673 4 vol. *in-8°.*

Theocriti Syracusii quæ Supersunt. edent. Thom. Warton. 1770. 2. vol. *in-4°.*

Tibulli Carmina, Edit. Grævii. Traj. ad. Rhen. 1680. *in-8°.*

Tournefort (Jos. Pitton.) Voyage au Levant. Paris. 1717. 2 vol. *in-4°.*

Valmont de Bomare Minéralogie. Paris, 1762. 2 vol. *in-8°.*

Virgilii (Pub.) Maronis Opera cum notis Masvisii. 1717. 2 vol. *in-4°.*

Wallerii. (Jo. Gottsc.) Systema Mineralogicum Holmiæ. 1775. 2 vol. *in-8°.*

FIN.

TABLE DES MATIERES.

F I N.

www.ingramcontent.com/pod-product-compliance
Lightning Source LLC
LaVergne TN
LVHW012015220826
846092LV00001B/353

9782329242323